Pop Heart

BARBARA ISRAËL

Pop Heart

ROMAN

J'AI LU

NOUVELLE GÉNÉRATION

Pour mon père
Pour ma mère
Pour André, mon Amour

Libraries gave us power
Then work came and made us free
What price now for a shallow piece of dignity

I wish I had a bottle
Right here in my dirty face to wear the scars
To show from where I came

We dont talk about love we only want to get drunk
And we are not allowed to spend
As we are told that this is the end

A design for life
A design for life
A design for life
A design for life

Manics Street Preachers

Zac. En général les mecs ne restent pas à Coco Beach si tard dans la nuit. En général les mecs qui restent à Coco Beach si tard dans la nuit sont ceux qui ont échoué auprès de tous les mecs qui ne restent pas à Coco Beach si tard dans la nuit.

En général si tard dans la nuit, à Coco Beach, ne restent plus que les horreurs imbaisables et les sourds-muets.

Cette nuit avait écrémé tous les mecs potables. Il ne restait que les horreurs imbaisables, les sourds-muets et moi, qui ai fait la connaissance de l'une des horreurs imbaisables qui stationnent à Coco Beach si tard dans la nuit, par manque d'alternative.

Nous avons discuté un moment, puis il m'a proposé de passer les dernières heures de la nuit dans sa voiture. Je l'ai immédiatement prévenu qu'il n'était pas mon style de mec, qu'il était inutile de tenter quoi que ce soit dans ma direction. Mon faible instinct de survie sifflait à ma conscience affaiblie par une nuit d'errance qu'il valait mieux crever que de me retrouver en train de baiser avec lui. Il avait probablement un instant espéré qu'entre nous il y aurait une possibilité de cul uniquement parce que j'avais consenti à lui parler.

Il se fringuait comme un manche. Ses horribles tongs multicolores vous explosaient au visage comme une mine de ringardise ravageuse. Au nom de l'été, qu'il associait sans doute à la décontraction, il s'était autorisé à orner ses pieds cornés de ce détestable accessoire, sans une once de dérision. Il ne réalisait pas à quel point elles le rendaient ridicule. Et c'était le genre de mec à se soucier du ridicule, à ceci près qu'il n'en avait aucune notion.

Il devait avoir entre quarante-cinq et cinquante ans, âge qu'il portait relativement bien. Il se teignait les cheveux en noir avec des reflets bleutés et ce détail New wave lui restituait un peu de sa jeunesse perdue. Si on partait des tongs pour remonter jusqu'en haut, nos yeux terrifiés subissaient l'odieux spectacle de ses mollets poilus, aussi bien dessinés que deux poteaux électriques sur une route de campagne, d'un bermuda blanc, élimé assez large, qui ne s'affalait pas mollement sur ses t... uniquement grâce à une ceinture serrée au dernier trou, sur laquelle blousait le bas d'un tee-shirt rose fuchsia éclatant dont il retroussait les manches, histoire de nous faire profiter de ses biceps inexistants. À ce stade de la contemplation, on pouvait légitimement se dire qu'on avait affaire à une inquiétante étrangeté de la nature. Mais c'est uniquement lorsqu'on découvrait son sourire éternellement radieux, révélant sa dentition impeccable, qui rehaussait un regard brillant, plein d'une curiosité surfaite, qu'on était vraiment en droit de tourner les talons en priant très fort de ne jamais croiser à nouveau cet homme.

À contrecœur, j'ai pénétré dans sa voiture, qui sentait le moisi devant certainement s'échapper des fissures de son âme. J'ai immédiatement branché la radio. Ce geste simple a semblé l'étonner. Comme s'il venait à peine de découvrir non seulement l'invention de la radio, mais qu'en outre, comble de surprise, il en possédait une. Il a longuement contemplé ma main tentant désespérément de trouver une fréquence potable et, après quelques minutes de méditation, a malheureusement choisi de me raconter sa vie.

— Je suis brocanteur, mais j'ai toujours rêvé de devenir comédien… J'ai obtenu des petits rôles dans des films qui se sont tournés à Nice. *Flic ou voyou*, tu connais ?

J'ai réprimé un rire cynique et me suis contenté de lui retourner un oui qui est sorti comme un raclement de gorge.

— Je jouais un rôle de gangster. Tu t'en souviens sûrement, a-t-il ajouté, non sans une certaine fierté.

Il m'a raconté la scène dans ses moindres détails. À la fin de la séquence, son personnage dérouille violemment un gars super-costaud. J'ai senti mes yeux s'écarquiller comme ceux d'un vieux crapaud ayant sniffé une dizaine de rails de coke. Un tel contre-emploi devait forcément se révéler très intéressant sur un écran, bien que j'éprouvais un mal fou à me représenter ce type sur grand écran, encore plus en gangster viril. Après une heure de narration rigoureuse, il a conclu en disant qu'il avait dû aller chercher très loin au fond de ses tripes pour parvenir à rendre ce que le réalisateur attendait réellement de lui. C'est sur cette dernière précision solennelle que j'ai réalisé à quel point il me tapait sur les nerfs. J'ai voulu partir gentiment, mais il m'a encore tenu la jambe.

— Tu sais, je connais bien Georges Lautner. Quand j'ai tenté ma chance à Paris dans les années 1970, il a accepté de me louer une chambre de bonne au-dessus de chez lui, uniquement parce que j'étais niçois. J'ai conservé d'excellents rapports avec lui. Si je te le présentais, ça pourrait peut-être t'aider à te lancer dans le cinéma…

J'ai opiné du chef d'un air débordant de gratitude. J'aurais rigolé intérieurement si, à ce moment, je ne m'étais pas moi-même senti si misérable. Sabrina chantait « Boys Boys Boys are waiting for the good times » et lui, il s'est mis à gigoter sur lui-même, devant le volant de sa Renault 5 deux portes, dont la lunette arrière était élégamment ornée d'un énorme logo *NRJ*. Plus Sabrina chantait, plus Roger bougeait son corps flasque et disgracieux dans le peu d'espace dont il disposait. Il croyait m'amuser. J'avais envie de le tuer. Je suis sorti de la voiture sans dire un mot et j'ai détalé en courant.

De loin me parvenait sa voix chantante, qui me lançait un « À bientôt » plein de sous-entendus salaces.

D'un pas rapide, j'ai descendu le boulevard Carnot, qui menait au port. À cette heure matinale, la ville commençait à peine à se repeupler. J'attendais au feu rouge, pensif, encore hypnotisé par l'horreur que m'avait inspiré ce personnage, lorsque sa Renault 5 deux portes *NRJ* a surgi de nulle part pour piler à ma hauteur. C'était comme dans un film d'horreur, lorsque le gentil croit s'être réellement débarrassé du méchant, mais que ce dernier réapparaît, encore plus féroce qu'avant.

Il a ouvert la portière du passager et s'est penché vers moi. Son éternel sourire éclatant me faisait frémir.

— Je vais te raccompagner chez toi.

J'ai hésité, avant de me rappeler que chez moi se trouvait à une heure de marche et que j'étais épuisé. Je me suis assis à ses côtés, et la voiture a démarré en trombe, selon Roger, à savoir qu'elle a simplement démarré. J'avais honte d'être là, à cause du logo *NRJ*, à cause de Roger dans sa globalité. Mais la fatigue qui me terrassait demeurait la plus forte. La lassitude abolit toute notion de goût. Il m'avait eu à l'usure. J'avais hâte de me retrouver dans l'obscurité de ma chambre.

Je lui ai demandé de s'arrêter peu avant qu'il n'ait atteint l'entrée de mon immeuble. Je ne voulais pas qu'il sache où j'habite, dans l'hypothèse où ce petit malin aurait éprouvé la maléfique envie de me revoir. Chancelant d'épuisement, je lui ai adressé un signe de la main pour qu'il redémarre au plus vite. J'ai réitéré mon geste, un sourire en sus, parce qu'il ne bougeait pas. Il se contentait de m'imiter. J'avais l'impression qu'il se foutait de ma gueule. J'ai tenté un ultime essai de main et de sourire, en y greffant la totalité de mon stock de fausseté. Toujours rien. J'ai compris qu'il valait mieux laisser tomber. Le connard.

Une fois chez moi, ma mère m'a dit qu'Antoine avait téléphoné pour me prévenir que, ce soir, il irait à la soirée Ice Cube. Je n'étais pas en état de me projeter si loin dans le temps. Je n'avais qu'une envie, celle de me terrer jusqu'à ce que mort s'ensuive. Le monde regorgeait de fous dangereux et effrayants. À peine m'étais-je fait cette réflexion, je réalisais que la folie du monde avait également contaminé ma famille, mon frère en incarnant un illustre exemplaire. Je me suis résolu à aller me coucher en tentant d'accepter que je ne disposais d'aucun havre de paix, d'aucun asile, d'aucun espoir.

Cette nuit m'avait vidé, à l'instar de la plupart de celles que je brûlais, au point de me demander par quel miracle, chaque jour, je parvenais à me lever.

Je venais de m'étendre sur mes draps glacés lorsque Alex m'a téléphoné.

— Mon père est mort. Je rentre chez moi cet après-midi, m'a-t-il annoncé à la limite de la jovialité.

— Désolé ! J'ai lancé sans y croire, me sentant trop désolé pour moi-même pour entrevoir seulement la possibilité de partager avec lui.

— Quelle merde de retourner dans ce bled de paysans ! Ça me déprime juste d'y penser ! a-t-il ajouté sur un ton totalement méprisant.

Depuis mon combiné, je goûtais la bave d'amertume qui coulait de sa bouche.

J'ai laissé un moment de silence étreindre nos deux solitudes, car je ne trouvais rien à répondre, puis j'ai dit :

— T'en fais pas, un enterrement, ça va vite. Tu seras de retour dans deux jours tout au plus.

— J'espère que tu dis vrai. Sinon, ça va, toi ? T'as pas l'air bien, s'est-il enquis.

J'étais étonné par cette soudaine attention. Il était rare qu'Alex se montre si résolument altruiste.

— Je suis fatigué, j'ai pas dormi de la nuit, me suis-je entendu dire d'une voix caverneuse, comme si j'avais considéré qu'Alex se souciait réellement de moi.

— C'était bien à Coco ?...

Qu'est-ce qu'il est finaud, cet Alex !

— Non, j'ai répondu absolument absent.

— Bon, écoute, j'te laisse. Je suis déjà en retard. Il faut que j'aille à la gare. Je t'appelle quand je reviens.

Je n'ai pas raccroché le téléphone et me suis endormi avec les battements lointains de la tonalité.

Moïse. L'arrivée d'Albert aux platines est imminente. Pour fêter cet événement macabre, les organisateurs de la soirée croient toujours bon de diffuser le même morceau ultra-ringard, qui ferait passer 2 Unlimited pour le Mozart de la House.

À ce stade de ma nuit, je me dis que je touche le fond, qu'il me serait difficile d'aller plus loin dans l'absence de sensations. Pourtant, quelque chose d'indéfini, qui frôle le manque de radicalité, m'empêche de partir, d'échapper à cette image moisie de moi-même.

Ce DJ ne va pas sauver ma vie. J'ai toujours compté sur la musique pour me ramasser et, dans la plupart des cas, la musique n'a jamais déçu mes attentes. Mais pas cette fois. Ce DJ-là ne me sauvera pas la vie.

Je n'ai pas bougé de ces trois marches depuis un bon milliard d'années et profite d'une vue imprenable sur le désastre qu'est cette soirée. Je suis raide, mais pas encore assez pour me payer le luxe de me sentir bien. En vue de la difficile tâche qui m'attend, il m'a semblé préférable de ne pas gober. Ce soir, je suis bien décidée à larguer Gaspard. Trop de temps que je laisse le pourrissement inonder ma vie, trop de temps que je m'en contente avec un sourire en prime. C'est uniquement à cause de ce vaillant objectif de faire du mal à Gaspard que je n'ai pris aucune drogue. Voilà aussi pourquoi je ne me sens même pas triste, seulement morte.

Je le cherche des yeux et le retrouve avachi contre un pilier qui semble n'avoir été construit que pour les soutenir, lui et sa lourdeur naturelle. Et alors que j'observe la faune de noctambules s'agiter sur « Kinky Afro » des Happy Mondays, je me dis que c'est peut-être de sa faute si tout m'apparaît vide. Peut-être suis-je tout bonnement en train de subir l'influence hautement bénéfique du festif Gaspard, dont les effluves de gailuronnerie parviennent jusqu'à moi alors que j'éprouve la très nette sensation que je vais m'autodétruire dans la minute.

Finalement, lui n'est pas en cause, il n'a pas cherché à tromper sur la marchandise. C'est plutôt moi qui aurai tenté de masquer les attentes. À l'aube de mon agonie mentale, il me semble qu'il serait digne d'arrêter. Il le sent bien, Gaspard, que c'est fini, même s'il fait mine du contraire. Je pense à ce morceau des Smiths dont la mélodie est d'une tristesse à vous broyer les tripes. *I know it's over, I don't know where else I can go… Over… Over…*

Tout est dit.

Au point où en est notre relation, je ne peux lui reconnaître qu'une qualité objective. Gaspard est doté du genre de beauté qui se suffit à elle-même. Le genre de beauté qui détrônerait le génie de Nietzsche et de Picasso par sa seule apparition, la vision, l'émerveillement qu'elle induit.

Car, à mon avis, l'humanité se scinde en trois catégories :

1) Les Beaux. Ceux que Dieu a décidé d'effleurer de son doigt bienveillant.

2) Les Moyens Boudins, moi par exemple. Ceux que Dieu n'a pas remarqués.

3) Les Sacrés Boudins, moi par exemple (uniquement en certaines circonstances fort défavorables). Ceux que Dieu a voulu faire souffrir.

Seul lot de consolation : au casting d'un remake de *Freaks*, on ne m'aurait sans doute pas retenue. Oui, je le clame très haut, pleine d'une vanité jubilatoire, le remake de *Freaks*, s'il y en avait un, se ferait probablement sans moi !

Je brode le rêve lointain d'une autre vie dans la première catégorie lorsqu'un type ivre mort s'affale sur moi. Son visage embrasse quasiment le mien. Ses yeux explosés me narguent sans raison apparente. Son haleine fétide finit de m'achever. J'ai déjà vaguement parlé à ce type lors d'une autre soirée Ice Cube. Il s'appelle Zac. Il m'avait dit qu'il adorait les Smiths et je lui avais dit que moi aussi et on s'était bagarrés parce que chacun de nous prétendait les aimer plus que l'autre et ça avait fini en pugilat à coups de références du genre Morrissey aime les roses rouges, non il préfère les glaïeuls, non les jonquilles. Et aucun de nous ne s'était montré suffisamment humble pour admettre que Morrissey les aimait toutes les trois. Et, de toute façon, qui pourrait s'en soucier, hormis deux connards assez vides pour se battre sur les préférences florales d'un troisième connard.

Visiblement, Zac ne me reconnaît pas. Chose qui arrive assez fréquemment dans mon quotidien rayonnant. Je préfère ignorer quelles en sont les odieuses raisons, corollaires de la deuxième catégorie.

— Qu'est-ce que tu me veux ? je demande d'une façon très élégante.

— Je ne te veux rien, et toi, qu'est-ce que tu me veux ? rétorque-t-il, drogué à mort.

— Je ne te veux rien, c'est toi qui es venu t'affaler sur moi, gros lourdaud !

Je zoome sur sa peau attaquée par une acné impitoyable, son nez en patate, ses cheveux roux-châtains-filasse-rares qu'il rabat en arrière avec du gel, genre l'Elvis de Bretagne. Qu'est-ce qu'il peut puer, ce con ! À croire qu'il le fait exprès.

— C'est bon, je me lève. Je cherchais auprès de toi un peu d'humanité ! dit-il en me raillant.

— Mon humanité a fait faillite ! T'as pas tapé à la bonne porte !

Il reste posté devant moi et continue à me braver en souriant. Je détourne le regard, constate que Gaspard est toujours appuyé à son poteau, image très juste de sa raideur dans la vie, puis mon attention se porte sur une fille plutôt du genre pétasse, qui se tient debout près de nous. Elle tient mollement son verre en arborant un regard lointain, genre constatez donc comme-le-monde-n'est-pas-à-ma-hauteur.

Alors, je ne sais pas si c'est pour m'impressionner ou quoi, mais cet abruti va vers elle, toujours avec son sourire de con, et là il lui tire son verre et vient me l'offrir. Moi, je ne bouge pas. Je suis plutôt énervée que ce blaireau aille tirer le verre d'une pétasse pour me le filer à moi, une autre pétasse, comme si nous étions deux pétasses parfaitement identiques. Non ! Je refuse d'être comme elle, plutôt crever ! Même si je sais qu'il y a des nuances dans la pétasserie qui sont assurément à mon avantage (je suis beacoup moins pétasse qu'elle, déjà parce que je n'arbore pas un regard lointain, genre le-monde-n'est-pas-à-hauteur-de-moi, même si je dois avouer que parfois cette idée m'effleure), ça m'agace sérieux qu'il ne le voie pas du premier coup d'œil. Pour lui c'est du pareil au même. Il fourre toutes les pétasses dans le même sac. Ça a de quoi vous foutre en rogne !

— Je t'ai rien demandé. J'en veux pas de ton verre !

— Allez, prends-le, c'est pour me faire pardonner de t'avoir emmerdée !

C'est toujours la même histoire, les gens se permettent de faire des incursions dans la vie des autres avec l'air de vouloir tout vous donner, alors qu'ils veulent tout vous prendre. Et chaque fois on se laisse aller aux sentiments et on se fait avoir, comme si l'expérience nous avait rien appris, qu'on était des puceaux éternels, des éternels puceaux.

— Tu te fais pardonner avec le verre d'une autre ? T'aurais au moins pu m'offrir le tien !

— J'en ai pas, dit-il en haussant les épaules, je ne me soûle qu'avec les verres des autres. Et puis regarde cette fille comme elle a l'air bête !

D'un rapide coup d'œil, je vérifie qu'il n'a pas tort, lorsque la fille en question se rue sur nous comme une hyène affamée. Je m'empresse de me saisir du verre et le vide d'un trait et j'avoue qu'en un sens ça me fait bien plaisir de malmener la pétasse, pas moi, l'autre, celle qui croit que le-monde-n'est-pas-à-sa-hauteur.

— T'es gonflée ! me lance-t-elle, bouillonnante d'agressivité. Maintenant tu vas me le rembourser vite fait !

— N'emmerde pas ma copine, intervient Zac, elle est désespérée...

— Et alors, qu'est-ce que tu veux que ça me foute, connard ! Je veux mon verre !

— OK, ne bouge pas, on va aller t'en chercher un autre, je dis pour la rassurer, tu bouges pas, hein ? On revient.

— Vous avez intérêt, sinon...

Sinon elle aurait bien dit à son mec de nous casser la gueule, mais malheureusement il l'a larguée hier ou avant-hier.

Antoine. *So nice in Nice*. Pas de surprises. Il y a bien cette fille que Zac se traîne depuis un moment. Le genre de fille à mettre un point d'honneur à se rouler par terre au bout du troisième verre et à estimer que c'est un gage de liberté.

Comment en suis-je arrivé là ? J'étais né pour me nourrir d'une foi inébranlable en l'existence. Non, ça c'est la version romantique.

Dîner seul avec Flore m'a éreinté. Elle a tenu à ce qu'on aille dans l'un de ces restaurants branchés de la ville, le genre d'endroit où elle peut asseoir son frais statut de petite-bourgeoise de province sans que personne ne se demande si elle l'est réellement. Maintenant qu'elle a le fric, sa seule préoccupation est d'acquérir cette position vermoulue. Le moindre de ses faits et gestes est étudié dans ce sens avec une écœurante précision.

Ai parlé un peu avec Zac, juste avant qu'il ne soit plus en état de me dire un mot, à part « Enculé ! » que j'accepte volontiers, car, sans que je sache pourquoi, ça me fait rire.

Et puis Zac évite de m'approcher quand Flore est dans les parages. Elle est atrocement jalouse de lui. Au début, elle l'a pris comme un simple pote, alors elle a tout fait pour se montrer aimable. Pour se faire aimer, Flore sait comment s'y prendre : elle couvre sa proie de cadeaux. Mais Zac n'aime pas recevoir de cadeaux. Il sait à quel point un nombre abondant de cadeaux cache une volonté de pouvoir. Il ne le sait que trop puisque c'est aussi sa méthode. Pourtant les deux cas ne sont pas comparables, car, étrangement, Zac a beaucoup plus d'atouts en termes de séduction que Flore, qui n'a que ses cadeaux et son cul banal. En se mettant Zac dans la poche, elle pensait se rapprocher de moi, sauf qu'entre-temps elle a réalisé que Zac bandait à fond pour moi. Depuis j'évite que ces deux fans de mon illustre personne ne se rencontrent. Cette nuit, c'est pas plus mal parce que les apostrophes sodomites de Zac me font rire, mais pas après le début de soirée accablant que j'ai dû endurer.

Je choisis d'aller m'accouder au comptoir au cas où, terrassé d'ennui, je déciderais tout bonnement de m'affaler. C'est tout simplement empirique. Flore + Soirée = ENNUI MORTEL. Je ne peux rien contre ce pléonasme imparable, à part lourder les deux de manière définitive.

— Qu'est-ce que tu as, chéri ? me demande-t-elle avec sa mine éternelle de fausse gentille.

— Ne m'appelle pas chéri, ça me fout le cafard ! je rétorque, sérieusement agacé.

Elle hausse les épaules et commande une bouteille de champagne en sortant de son sac lamé une épaisse liasse de billets. À cet instant, j'échangerais ma place contre celle de n'importe qui, même celle de Zac. Tout plutôt que me farcir Flore et sa façon de montrer aux autres voyez-comme-j'ai-réussi-je-suis-plus-la-pauvresse-que-vous-avez-connue-je-suis-pleine-aux-as-je-me-tape-un-mec-super-beau-je-suis-la-reine-du-monde. À côté d'elle, je me fais l'effet d'un mannequin des Bains-Douches que de gros balourds inviteraient à leur table encombrée de bouteilles, histoire d'ajouter à leur réussite. Mais moi, je ne suis pas une de ces belles plantes vénales. Du fric de Flore, j'en ai rien à cirer ; du cul de Flore, je m'en tape le nœud.

Alors, pourquoi suis-je encore là ?

Zac. Je fais peur aux gens quand je suis sous ecsta. Ils n'osent pas m'approcher. Cette drogue est quand même censée vous rendre plus aimable que vous ne l'êtes en réalité. Il semblerait qu'elle ait fait une exception pour moi.

Les soirées Ice Cube ont la réputation d'être les seules soirées potables de Nice. Sauf qu'ici les gens ont une image très approximative de ce qui est potable. Ça peut générer quelques malentendus, car, en général, ce qu'ils considèrent comme plus que potable se révèle tout bonnement pitoyable.

Elle m'a dit qu'elle aimait les Smiths. Elle m'a dit que c'était la deuxième fois dans cette vie qu'elle me le disait, qu'on s'était même pris la tête à ce sujet. Je suis persuadé qu'elle confond. C'est bizarre, avant ce soir je n'avais jamais remarqué Moïse. D'ordinaire, je suis capable d'identifier un être atteint de smithité aiguë dès le premier regard.

Le fan des Smiths n'est pas quelqu'un qui se comporte comme la moyenne des gens. Le fan des Smiths n'est pas moyen. Le fan des Smiths n'est pas les gens. Le fan des Smiths a toujours l'air de se trouver au bord du suicide. Et lorsque le fan des Smiths se suicide, il ne sait jamais pourquoi. C'est une donnée smithienne, c'est tout.

Antoine m'observe depuis le bar, où il a visiblement décidé de s'établir pour toujours. Il doit se demander quelle est cette fille qui m'accompagne. J'aime sentir qu'il s'intéresse à moi. Ça n'est que pure justice dans la mesure où je passe chaque seconde de ma vie à ne penser qu'à lui. Flore ne le lâche pas d'une semelle. Il doit bien faire cinquante degrés dans la boîte, en plus de l'été qui menace de frapper d'un instant à l'autre, et cette connasse trouve encore le moyen de garder son manteau de fourrure. Flore préfère crever de chaud plutôt que de courir le risque que quelqu'un ignore à quel point elle est blindée de thunes.

J'offre un ecsta à Moïse, qu'elle gobe sans hésiter. Je me dis que c'est un bon début. Nous croisons Alex, qui a raté son train pour Chépluoù et pour lequel on a différé l'enterrement de son père jusqu'au prochain train pour Chépluoù qu'Alex daignera ne pas rater.

Je montre Antoine à Moïse. Je lui dis que je suis fou de lui. Elle l'observe deux secondes, puis sort un « Bof ! » peu convaincu. Nous passons bras dessus, bras dessous près de lui. Je lui lâche un « Enculé ! » pour la forme. Il sourit. Le simple fait d'approcher ce type me fait bander à fond et je suis obligé de foncer aux chiottes pour me faire gicler. Moïse tient à m'accompagner. Elle est en montée et n'arrête pas de me répéter qu'elle m'adore.

Je dis :

— OK, c'est ce que j'attends de toi !

Ça la fait rigoler. Elle veut me regarder en train de me branler. Je lui claque la porte au nez. *Exit.*

Moïse. Sept heures du matin, j'ai des frissons. Zac, ce nouvel ami aux effluves buccaux si particuliers, m'a proposé d'aller à une *after* dans un hangar désaffecté en dehors de la ville. Je suis en descente et n'ai plus vraiment la force de continuer à regarder des types danser stupidement sur Crystal Waters. Nice est un grand désert urbain irradié d'une lumière insolente. Une tribu de mouettes tournoie dans le ciel bleu, très haut. Leur musique s'inscrit dans ce silence qui teinte d'étrangeté toute ville endormie, même la plus familière. Ce soir les cieux tourneront à l'orange, comme ceux d'Afrique. Sauf qu'ici on ne croit plus en Dieu. On ne tient plus pour miracle ni nature, ni beauté. On se contente seulement de souiller nos cadeaux.

J'ai quitté Gaspard à l'aube de cette magnifique journée, après qu'il m'a tendu une perche inespérée.

— Qui c'est ce connard auquel tu t'accroches comme une pute ? m'a-t-il demandé deux-trois fois au cours de la nuit, avec cette poésie qui lui est si personnelle.

Une petite voix me susurrait à l'oreille : Tu ne peux pas saisir une perche aussi facile.

— C'est un ami... j'ai répondu avec un air qui induisait que Zac était bien un amant en devenir.

J'ai donc saisi une perche aussi facile. Du coup, c'est Zac qui s'est tout pris dans la tronche. Et c'est loin d'être une métaphore parce que Gaspard peut parfois se monter terriblement bestial, ce qui s'avère particulièrement rafraîchissant dans une société qui manque tant d'animalité. Mais je ne crois pas que Zac partagerait mon opinion. Il n'a pas accueilli le coup de tête que lui a mis Gaspard comme un élément rafraîchissant dans la morne plaine de sa vie.

— C'est pas juste, a-t-il geint avant de se mettre à pleurer.

Zac est drôlement pédé. « Drôlement » semble un peu exagéré, disons plutôt qu'il est simplement pédé, même si, par ailleurs, il m'est apparu comme n'étant pas dénué de certaines vertus comiques. Par conséquent, il était à mille lieues de penser que nous pouvions détenir une potentialité sexuelle. Seuls Gaspard et moi l'avions imaginé. Son homosexualité ne constituait pas l'unique raison pour laquelle il n'avait probablement rien envisagé d'intime entre nous.

— La première fois que je me suis retrouvé au lit avec une fille, ça m'a traumatisé, m'a-t-il raconté alors que j'étais en pleine montée. Quand je me suis retrouvé le nez coincé entre ses jambes, j'ai réalisé que ça puait trop le poisson et je me suis enfui.

— C'est vraiment l'hôpital qui se fout de la charité, j'ai répondu, faisant clairement allusion à l'odeur épouvantable qui se dégageait de sa bouche.

— Pourquoi tu dis ça ? a-t-il demandé, tout étonné.

— Pour rien, j'ai dit, n'ayant pas le courage de briser le tabou universel de la mauvaise haleine. En ce qui concerne ton histoire, je pense que tu es certainement mal tombé, genre une fille qui prend son bain uniquement le dimanche soir, avant le film de Steven Seagall sur TFOne !

— Et alors ?...

— Et alors tu as dû baiser avec elle le samedi dans la nuit. Ça faisait donc six bons jours que ça devait macérer.

— Ah ! Mais tu es ignoble comme fille ! a-t-il lancé avec une mine écœurée.

— Je crois malheureusement que tu as raison... Mais, pour ton information, un gland, ça sent pas le jasmin !

Et c'est sur cette brillante observation que Gaspard a fondu sur lui comme un tigre. Mais, le temps de réagir, de tenter de s'expliquer, le coup fatal avait été porté et Zac arborait déjà sur son front innocent une grosse bosse fendue en son centre d'un trait rouge. À la suite de quoi il a drôlement fondu en larmes, d'autant qu'il était drôlement bourré et drôlement pédé et que du coup ça servait à rien tout ce que Gaspard avait tenté de faire. Sinon de m'ouvrir une voie royale pour lui tourner le dos. Indignations. *Final cut*.

L'amour, ça épuise. Ça finit toujours par nous laisser sur le carreau (cf. tous les enfoirés qui ont eu l'audace de me jeter comme la vieille serpillière que j'étais en passe de devenir).

— Tu as vu, ma chemise est en sang !

— Tu rigoles, ce sont trois gouttelettes ridicules.

— C'est une Hugo Boss ! J'ai eu un mal fou à la taxer aux Galeries Lafayette !

— Tu taxes aux Galeries ? je lui ai demandé, très enthousiasmée par cette nouvelle.

— Oui, a-t-il lâché.

Un torrent de larmes coulait sur sa face crevassée.

— Moi aussi !

— Ouais, ben ton mec est un vrai enculé !

— C'est plus mon mec, Zac, et c'est un peu grâce à toi, j'ai dit, déchargée d'un poids.

D'emblée je m'étais sentie proche de Zac et ça m'avait fait du bien de ne pas pouvoir l'expliquer. C'était au moment où Albert jouait « It Will Make Me Crazy » de Felix.

Nos vies sont comme les grandes roues des fêtes foraines. Les gens montent, font un tour avec vous, puis redescendent. Et ça se passe comme ça jusqu'à ce que la roue s'arrête définitivement de tourner. Zac montait sur ma roue alors que Gaspard venait d'en descendre. La plupart du temps, les séquences ne s'enchaînent pas si bien. On doit hélas souvent passer par de longs fondus au noir.

Alors que je me dirige vers chez moi, que le soleil décuple sa puissance, que les rues s'animent, que la chaleur encore douce couvre mon corps d'un halo de sérénité, je chéris le secret espoir que, lorsque je reverrai Zac, il se sera lavé les dents.

Antoine. Je rentre chez moi après deux bonnes heures à me déchirer avec Flore en plein milieu de la rue, au sujet du fait que je m'entête à voir Zac malgré la très nette envie qu'il a de baiser avec moi. Il n'est que sept heures. Une bonne quinzaine d'heures à attendre la nuit.

Mon père somnole devant la télé, calé dans ce fauteuil qu'il ne prête à personne parce qu'il est si bien placé, si bien positionné face à l'écran que même un mouvement de tête est inutile. Fauteuil qu'il ne quittera que deux-trois fois dans la journée, juste histoire d'aller pisser. Je ne sais plus à quand remonte sa décision de ne plus vivre que par écran interposé. Probablement au temps où il a cessé de travailler. Comme beaucoup de gens, mon père vit sa retraite comme une punition. Comme beaucoup de gens, il pleure ce temps où il le perdait à gagner de l'argent. C'est effrayant de voir à quel point nous sommes différents.

Je referme doucement la porte d'entrée. J'hésite à lui parler, de peur d'avoir à entamer une conversation qui dégénérera forcément. Mais un imperceptible tremblement de ses doigts sur la télécommande m'intime l'ordre de ne pas l'éviter.

— Salut.

Il ne prend pas la peine de se retourner vers moi.

— Il est sept heures, dit-il.

— Je sais.

— À sept heures, en général, on se prépare pour aller bosser.

— Je vais me coucher, je me contente de répondre en me dirigeant vers ma chambre.

Ma mère a soigneusement rabattu les draps de mon lit sur le côté afin de m'en faciliter l'entrée. Je sais que d'autres à ma place s'irriteraient de tant de soins. Ça ne m'irrite pas, ça ne m'émeut pas non plus. Je suis habitué à ce que ma mère me mâche le travail pour un certain nombre de choses pratiques dans ce genre-là. Et tout ce qui concourt à m'épargner un geste inutile ne peut pas m'agacer.

La porte de ma chambre s'ouvre brutalement. Je suis à poil. Prêt à me coucher. La haute et robuste silhouette de mon père apparaît dans l'encadrement. Ça ferait un joli tableau s'il n'y avait pas toute cette rancune dedans.

— Je t'ai déjà dit de frapper avant d'entrer dans ma chambre ! je lui lance en le regardant bien en face.

— Tu peux t'habiller, s'il te plaît... dit-il en essayant d'esquiver ma nudité.

— Je ne vais pas m'habiller pour me coucher. Si ça te gêne, il te suffit de fermer la porte, je dis en entrant dans mes draps.

— Je voudrais que tu te lèves et que tu ailles travailler.

— Et moi je voudrais que tu me foutes la paix.

— Le type de la radio a encore appelé hier soir. Il insiste pour que tu reviennes. Il est prêt à te confier le journal, malgré le fait que tu les aies plantés du jour au lendemain. Tu ne te rends pas compte de la chance que tu as. Il m'a dit que normalement les types de ton âge en sont encore à porter les cafés. J'exige que tu y retournes !

Je ferme les yeux très fort. Je tente de me faire croire que tout cela est un cauchemar, lorsqu'il ajoute :

— Je t'ai pris rendez-vous avec lui à neuf heures. Tu as moins d'une heure pour te préparer.

— Tu peux toujours courir ! je lance sans ouvrir les yeux, lorsque je sens ses mains m'empoigner violemment par le bras pour m'extirper du lit.

— Alors là tu vas y aller, c'est moi qui te le dis !

— Lâche-moi, je crie en me débattant. Ne m'oblige pas à me défendre, connard !

— Lève-toi !

Ma mère déboule sur le champ de bataille.

— Arrêtez ! Ça ne va pas ! crie-t-elle en tentant de nous séparer. Jacques, je t'en supplie, lâche-le... implore-t-elle en le tirant en arrière.

Mon père lâche prise. Il recule d'un pas, tout essoufflé. Je scrute son désespoir avec des yeux froids et un sourire narquois. Ma mère se met à pleurer. On demeure cinq bonnes minutes ainsi, immobiles, choqués, nous haïssant les uns les autres.

— Le spectacle est terminé, je finis par dire d'une manière laconique. Maintenant laissez-moi, il faut que je dorme.

Ils sortent, abattus, le corps retranché. Je me précipite sur mon tube de Lexomil et en avale un. Mes parents ont déjà commencé de se disputer.

— Tu as vu, ton fils chéri, ce qu'il nous fait !

— C'est toi qui n'arrêtes pas de l'embêter. Laisse-le tranquille avec ce travail. Il veut plus être journaliste, n'insiste pas !

— Alors dis-moi pourquoi je me suis saigné pour lui payer tant d'années d'études. Tu peux me le dire ?

— Il l'a fait pour te faire plaisir ! Il a fait beaucoup de choses pour te faire plaisir ! Mais toi, tu n'as jamais rien compris.

— Qu'est-ce qu'il veut à la fin ? l'interroge-t-il avec une voix qui suinte le renoncement.

— Je ne sais pas. Il ne veut pas être comme nous. Il veut une vie à part.

J'ai tant entendu cette dispute que je peux deviner ce que mon père s'apprête à dire : Tout est à sa portée, à ce gosse. Mais il ne veut rien. Rien ! Ton fils est un malade, tu m'entends !

— Tout est à sa portée, à ce gosse. Mais il ne veut rien. Rien. Ton fils est un malade, tu m'entends !

Là, elle va répondre : Mon fils ! C'est aussi le tien, je te signale !

Il faut que je dorme avant d'imploser.

— Mon fils ! C'est aussi le tien, je te signale !

Vacillant d'épuisement, mon esprit me renvoie subitement à une autre réalité, celle de ma très petite enfance. Quand mon père et ma mère n'attendaient encore rien de moi. Une très brève période où ils se sentaient satisfaits, émerveillés par ma seule existence, sans fioriture. Mais, déjà là sûrement, nourrissaient-ils quelques rêves pour moi et surtout pour eux-mêmes. Peut-être voyaient-ils dans ce petit enfant d'une beauté incroyable, d'une beauté qui laissait pantois le voisinage et la famille et toute personne qui se retrouvait confrontée à elle, un moyen de me greffer à eux-mêmes, un moyen de les rendre extraordinaires et leur vie aussi.

Avant de sombrer totalement, je me dis que c'est ça qu'ils ont toujours attendu de moi, que je donne un sens, une couleur plus chatoyante à leur existence. Mais la petite existence n'est pas la grande vie et je n'y peux rien.

Zac. Les derniers mots que Moïse a adressés à son ancien mec :

— Comment as-tu osé faire ça à mon copain Zac ! J'en ai marre ! J'arrête ! Et je peux déjà te sortir ce que ta mère dira : « Je-savais-que-ça-finirait-mal-que-cette-fille-était-pas-une-fille-bien-une-pas-comme-nous-de-la-sale-fibre-de-traînée-t'avais-prévenu ! »

C'est étrange qu'une fille qui quitte un type pense immédiatement aux commentaires que fera la mère du type en question.

Mais les filles sont étranges.

Et elles creusent des tombes.

Morrissey l'avait bien dit.

Moïse. Notre premier rendez-vous a lieu au Paradis, un bar-tabac de la zone piétonne. J'ai très sérieusement réfléchi à la façon dont j'allais pouvoir m'habiller, car j'ai très sérieusement envie de lui plaire. J'ai fini par très sérieusement opter pour un jean, des gazelles Adidas et un tee-shirt des Smiths, le *Hateful of Hallow*.

Zac s'engage dans la rue Paradis. J'ai du mal à croire ce que j'aperçois depuis la terrasse où je suis installée. Je le regarde s'approcher, et le sentiment de ridicule qui s'était à peine insinué dans mes tripes finit par exploser, créant un drôle de cafouillage gore à l'intérieur.

Description de Zac tel que je le vois arriver : jean, gazelles Adidas, tee-shirt des Smiths, le *Hateful of Hallow*.

Et voilà comment vite fait bien fait on en revient de la vanité ! Zac s'approche de la table. Je suppose qu'il a aussi senti son orgueil poignardé, mais il tient à faire bonne figure. Je lui souris, histoire de lui montrer que je possède un brin d'humour. On se jauge, incrédules de nous révéler si piteusement semblables. Zac s'assoit face à moi. On ne sait pas trop par quoi commencer, alors on choisit de s'observer. Je scrute son regard bleu marine, avec lequel il me fixe par-dessous, afin de signifier qu'il n'est pas comme les autres, qu'il a comme une lourdeur indicible dans le ventre, qui le rend plus sensible que la plupart des gens.

— Tu devrais descendre ton froc sur la taille, il est trop haut, ça fait moule-burnes !

— Tu trouves ? dit-il. Non...

Il hausse les épaules, s'adosse bien droit sur sa chaise, penche la tête sur le côté et sourit en coin. Zac est charmant. Un côté Mickey Rourke en moins beauf, un côté Kerouac en moins raffiné. D'ailleurs il semble évident qu'il en a conscience. C'est Big Sur. La façon dont il coince sa cigarette entre ses lèvres épaisses et rouges, la lèvre inférieure légèrement tombante, style boudeur, révèle un grossier plagiat du comportement de l'écrivain.

— T'aimes Kerouac ? je vérifie.

— Oui, pourquoi ? me répond-il avec désinvolture. Et toi ?

— Ouais.

Nous nous reluquons comme deux abrutis et constatons avec indifférence que le duo si piteusement semblable que nous formons ne trouve rien de bien, ni rien tout court à dire, et nous concluons chacun pour soi, mais de manière si piteusement identique, que finalement l'idée de cette rencontre est certainement une mauvaise idée. Là, nous en arrivons rapidement au stade où nous cherchons la façon la plus courtoise de nous dépêtrer l'un de l'autre. Il y a juste un clone de trop, ça ne peut être que lui. Et là, comme ça, juste pour faire du bruit, Zac commande du champagne.

— Je te l'offre, je viens de toucher ma rente ! prend-il la peine de préciser, comme on brandit un étendard.

Je n'apprécie pas trop qu'il se la joue prétentieux avec son RMI, il n'a pas le monopole du leurre social.

Le champagne nous aide à nous aimer et, comme on veut s'aimer encore, on en boit encore et encore, jusqu'à la fermeture des portes du Paradis. Et lorsqu'on finit par quitter le bar, j'ai la sensation de l'avoir toujours connu, et peu importe que cette sensation soit encouragée par le champagne, car elle est d'une telle densité que je sais qu'elle vivra au-delà de l'éloignement physique de Zac. Il me fait un cadeau qu'il ne pourra plus jamais me reprendre.

Après avoir pas mal zigzagué dans la ville, on finit par s'asseoir à la terrasse du Grand Café de Lyon. Il est près de vingt heures et on se croirait revenus au matin. Le ciel est aussi transparent qu'un mur de cristal. L'ivresse retombe légèrement et nous nous précipitons sur nos verres pour la rattraper. La nuit qui s'annonce ne souffrira pas le médiocre. L'occasion est trop belle.

— J'adore le cinéma ! J'étais critique aux *Cahiers*. J'ai bien connu Serge Daney, tu sais ! lance-t-il subitement, bavant d'orgueil.

Moue perplexe de ma part, qui s'explique par le très simple fait que, pour moi, Serge Daney n'est qu'un misérable illustre inconnu. Qui que puisse être ce type, je juge la fierté de Zac très outrée.

— Serge Daney est LE grand penseur du cinéma ! Il est mort du sida y'a pas très longtemps, il précise.

— Hum, intéressant... J'aime pas trop le cinéma.

Il veut que je lui raconte deux-trois choses sur moi, un condensé existentiel en somme ; une somme d'événements qui ont jalonné ma vie ; une nécrologie en quelque sorte. Mais, même pour un résumé, je ne trouve pas grand-chose de captivant à raconter. J'ai bien connu deux-trois types qui, comme Serge Daney, sont morts du sida, mais ils étaient loin d'être des penseurs de quoi que ce soit. La mort n'a hélas pas modifié leur statut de non-penseurs. La mort ne sert à rien.

Je recommande à boire et prends la peine de préciser :

— J'te l'offre, je viens de toucher ma rente !

— À nous, les érémistes heureux ! lance-t-il en levant son verre.

On se met à picoler du Martini blanc avec une olive verte à l'intérieur.

— J'aimerais bien être au Harry's Bar à Venise, me dit Zac pendant qu'avec beaucoup d'élégance je trifouille le fond de mon verre pour essayer de choper cette putain d'olive verte.

— J'y suis déjà allée, j'adore !

J'exagère. Mais je me sens si bien avec lui qu'exagérer est ma façon de le remercier.

— Venise ou le Harry's Bar ? questionne-t-il avec un sourire en coin, l'œil malicieux, genre il croit que je suis une de ces ploucs qui s'est rendue à Venise sans faire un tour au Harry's !... Ce qui est vrai, malheureusement.

— Les deux, évidemment !

— Si tu veux aller à la Mostra en septembre, je peux nous avoir des accréditations.

— Je t'ai dit que j'aimais pas le cinéma, je lui réponds un peu sèchement, histoire de le remettre à sa place.

— Ça fait rien, on pourra faire autre chose, y'a plein d'autres trucs à voir pendant la Mostra ! Tu connais pas ?

Je rêve, il me nargue, ce con ! Je me croirais dans un jeu télévisé *Quesse-que-j'ai-que-tu-n'as-pas*.

— Non, et alors, c'est grave ? je lui demande, un tantinet énervée.

Lui, il s'obstine à titiller ma vanité.

— Pas vraiment, mais ce serait bien que tu connaisses ! il ajoute un peu lointain, en adoptant le ton sage de l'initiateur de beaufs en tout genre.

— OK, ben t'as qu'à t'en occuper, j'accepte ton invitation !

Je bâille, afin de lui montrer que son histoire d'accréditation ne m'a pas renversée.

Nous sommes passablement torchés et il fait déjà nuit quand nous abandonnons le Café de Lyon pour faire la tournée des troquets du Vieux-Nice. Zac n'arrête pas de me parler d'Antoine, que j'ai vaguement aperçu à la soirée Ice Cube. Je l'envie d'éprouver des sentiments si forts pour quelqu'un. Je ne détermine pas encore comment je l'aime, lui. Le fait qu'il ne puisse éprouver aucun désir pour moi m'apaise et me frustre en même temps. Et quelque part j'aimerais être Antoine et lui dire viens, nous sommes ivres, nous sommes bien, allons prendre du plaisir ensemble, allons voir ce que nos corps en disent.

Une nuit d'harmonie au-dehors. Le petit matin bleu nous sépare.

Antoine. Je pense à ce qu'il faudrait pour que ma vie devienne décente. Je dresse une petite liste dans un carnet rempli de petites listes de choses qui pourraient transformer ma vie en une vie décente.

Ma nouvelle liste :

— Flore ne veut plus de moi. Elle me largue sans le moindre scrupule.

— Flore se transforme en fille intelligente, drôle, que j'aime, et ne me largue pas sans le moindre scrupule.

— Ma mère arrête d'écouter les disques qu'elle achète à l'hypermarché.

— Ma mère arrête d'acheter les disques qu'elle écoute à l'hypermarché.

— Mon père trouve que je suis un type formidable.

— Mon père trouve parfaitement normal d'entretenir très largement le type formidable que je suis.

— Zac n'est pas amoureux de moi.

— Zac cesse de me harceler avec les névroses de sa bite.

— Zac demeure mon ami le plus cher.

— J'écris un chef-d'œuvre.

— La moindre connerie énoncée par le grand écrivain que je suis devient prophétique.

— Je suis adulé par toutes sortes de filles intelligentes, drôles, que j'aime et qui ne veulent surtout pas me larguer sans le moindre scrupule.

— Flore ne fait plus partie de la gent féminine.

— Flore rejoint une lointaine ethnie dans un milieu naturel hostile et inaccessible.
— L'idée de la mort cesse de me hanter.
— L'idée de la mort me fait rire.
— Je n'ai pas d'idée de la mort.
— J'arrête de desquamer du cuir chevelu.
— Les Pet Shop Boys sont immortels.

Zac. Je ne me sens vraiment pas bien aujourd'hui. Je me sens rarement bien lorsque je me réveille. Pour que je me lève et regarde la vie d'une manière optimiste, il faudrait un trop grand nombre d'éléments réunis pour que je m'offre le luxe de conserver un espoir. Il faudrait par exemple que j'ouvre mes paupières « juvéniles », qu'elles découvrent Morrissey ne chantant que pour moi « I Won't Share You », dans ce salon qui me fait office de chambre. Johnny Marr se tiendrait derrière lui, faisant vibrer sa guitare en me fixant d'un regard empli d'une concupiscence débordante.

Autre option pouvant me faire penser que le jour qui s'offre à moi ne sera que pur torrent de miel, Antoine, allongé à mes côtés, déniaisant ses paupières « juvéniles » et me découvrant, moi, Zac, l'objet unique de son désir, avec émerveillement.

Autant y renoncer immédiatement, jamais je n'aurai la chance de me réveiller dans un état correct.

Nous avons terminé tard avec Antoine. Non, ce que j'évoque n'a rien à voir avec ce que m'évoquent mes rêves. Je le connaissais à peine quand je lui ai proposé d'écrire un scénario avec moi. Un copain m'avait parlé de lui en me disant que c'était un type solitaire, angoissé, taciturne. Rien qui me donne l'envie de faire sa connaissance.

Et lorsqu'il avait fini par me le présenter, j'avais littéralement été saisi par sa beauté slave, un brin mystique.

— Pourquoi moi ? m'avait-il demandé, tu me connais à peine. Je ne sais même pas comment on écrit un scénario. Le cinéma, c'est pas trop ma tasse de thé, il avait ajouté, presque enorgueilli de cette affirmation.

— Il n'y a rien à apprendre. Réfléchis, ça pourrait être une bonne expérience.

— Pourquoi pas, avait-il fini par dire, ça peut être amusant.

— Ouais, et puis je suppose que t'es comme moi, tu te demandes ce que tu pourrais faire de ta vie.

— Pas du tout ! avait-il rétorqué d'une manière très radicale. Je ne me pose pas ce genre de question mesquine de petit ambitieux !

Malgré cette fausse note de dernière minute, il avait consenti à tenter l'expérience. Du coup, depuis trois mois, le plus beau type que j'aie jamais vu débarque chez moi chaque nuit. On s'installe dans la cuisine et, tous les deux, on est seuls parce que mes parents dorment et que mon frère écoute les CD qu'il a tapés à la Fnac, et lorsqu'on a écrit trois mots, on se dit qu'on est crevés et qu'on a bien le temps de penser à cette connerie de scénario, alors on passe le reste de la nuit à discuter, à lancer des conneries. Et je ne vis que pour ces heures de connivence nocturne. Mon désir pour lui occupe tout mon temps. Il me fait vibrer et m'asphyxie. Je n'ai plus de place pour personne. Je me sens à l'étroit dans mon propre corps. Ce désir est si fort qu'il me terrasse. Antoine joue le jeu, me provoque même parfois, avec l'assurance d'un ange magnifique qui m'aurait volé mon âme.

Cette nuit, il s'est couché sur la machine à laver et j'ai fait semblant de l'enculer. J'en ai juté dans mon slip, alors qu'il s'esclaffait de me donner son cul pour de faux. Parfois son comportement sadique me dégoûte, mais je continue de lui sourire.

Il riait si fort que j'ai voulu lui donner une leçon. J'ai déboutonné son jean et lui ai baissé son froc pour lui montrer ce que c'était pour de vrai. Il s'est retourné et m'a violemment repoussé en arrière, au point que j'ai bien failli me rompre le cou sur un coin de la table.

— T'es malade ou quoi ! a-t-il hurlé.

Je suis revenu à la charge. Comme un loup affamé, je me suis mis à lui mordre les lèvres, résistant à sa force.

— J'ai trop envie de te baiser. Laisse-toi faire, connard !

Il m'a donné un coup de genou dans les couilles, suffisamment fort pour me faire revenir à la raison.

— Désolé, s'est-il excusé, alors que je me tordais en deux, je voyais pas d'autre moyen pour t'arrêter.

— Pas de problème, j'ai gémi.

Après, on en a parlé et il m'a dit que je ne lui plaisais pas et que de toute façon il n'était pas pédé, et donc peu séduit par l'idée de se faire sodomiser sur la machine à laver de ma mère.

— Ce genre d'événement peut, avec beaucoup de recul, devenir un souvenir dont tu te rappelleras avec mélancolie, après cinquante ans de plate hétérosexualité.

— J'ai pas besoin de souvenirs. J'en ai déjà trop qui m'encombrent.

— Tant pis ! j'ai dit. Si on téléphonait à Moïse ? j'ai ensuite suggéré

— Pour quoi faire ?

— Pour téléphoner à Moïse.

— Mais on est en plein milieu de la nuit...

On a téléphoné à Moïse en plein milieu de la nuit. Je ne l'avais pas vue depuis au moins trois jours. Entendre sa voix m'a fait du bien. Antoine prétend qu'il a oublié à quoi elle pouvait ressembler. Les gens ne s'observent plus, c'est terrifiant. Faut dire qu'il est plutôt attiré par les poupées et que Moïse c'est pas vraiment le genre pour qui on peut faire tilt du premier coup. Il préfère sans doute se taper cette folle furieuse, ancienne shampouineuse, devenue riche en épousant un vieux riche qui donnait dans la pierre, pas la précieuse. Lorsqu'elle a divorcé du vieux, elle lui a extorqué plus d'un million de francs.

— Je me fais chier ! a dit Moïse aussitôt qu'elle a décroché.

— S'emmerder la nuit, il n'y a rien de plus insupportable, j'ai déclaré. Écoute, j'ai une surprise pour toi.

Je lui ai fait écouter « You're the one for me Fatty », le nouveau single de Morrissey, au combiné.

— C'est un message subliminal ? s'est-elle enquise, légèrement vexée.

— Non, pourquoi ?

— Connard, a-t-elle maugréé.

J'adore cette fille. Je ne me sens plus si piteusement seul depuis que je la connais. Si Antoine consentait à se rapprocher de moi, je ne demanderais rien d'autre à la vie. Je ne demande rien à la vie que de partager un même univers avec des gens que j'aime. Dit de cette façon, ça a l'air simple à réaliser, mais c'est tout le contraire, en réalité. Les gens ne développent plus rien ensemble. Ils se contentent de se caser dans un agenda. À croire qu'à leurs yeux le seul fait de remplir leurs agendas remplit leur vie. Une fois qu'ils ont noté les rendez-vous, ils peuvent même se passer d'y assister. L'agenda a remplacé la convivialité, l'élection des affinités. L'agenda est une valeur montante dans l'humanité d'aujourd'hui. Très bientôt, on reconnaîtra ses amis au nombre de fois qu'on aura noté leur nom sur notre agenda sans pour autant les avoir jamais rencontrés.

Avant de partir, Antoine me concède un baiser appuyé sur la bouche, comme pour signifier qu'il ne m'en veut pas pour ma tentative de putsch. Je sais que ce baiser rendra mes branlettes intenses pour le restant de ma vie. Alors, une fois qu'il est parti, je prie pour remercier Dieu. Je prie devant MTV. Il paraît que Dieu est partout. Même dans un clip de Dead or Alive.

Antoine. Après avoir quitté Zac, j'ai eu un mal fou à me traîner jusque chez moi. Une longue marche m'attendait. Voir le jour se lever m'assassine. Il abolit tous les mensonges que j'ai eu tant de difficultés à échafauder durant la nuit. J'ai observé les employés municipaux qui s'agitaient, fatigués, pour tenter de rendre propre cette ville qui s'éveillait. Et au fond, tout au fond de mon ventre, j'ai éprouvé pleinement le sentiment tragique que les choses seraient immuables et que jamais je ne pourrais en sortir. Alors, dans ma tête, ça a chaviré. Mon hypophyse paralysait tous les membres de mon corps. Je devenais un vieillard. Un vieillard qui se traîne dans une ville qui s'éveille, faisant des efforts surhumains pour ne pas tomber raide sur l'asphalte immaculé.

J'ai ouvert la porte de la maison, non sans quelque appréhension de croiser mon père.

Il était près de huit heures, et l'homme était à sa place, mais il semblait assoupi. J'ai traversé l'appartement à pas de loup, submergé par cette odeur de vieux meubles qui me donnait envie de vomir. Mon appartement a toujours senti le moisi familial, le bourgeois consanguin, les générations qui se refilent leurs meubles, leurs traditions, leurs aigreurs. Ils se lèguent, se délèguent, se relèguent, et tout ça, ça finit par puer la mémoire rance. Je bouffe dans les assiettes en porcelaine de grand-maman, je dors dans son lit à baldaquin sous le portrait de grand-papa, je chie dans les chiottes de sa cousine. Rien ici n'a moins de cent ans. Et je suis effrayé à l'idée d'être atteint par le même attachement atavique aux pierres, aux objets, transmis, retransmis, qui commencent à m'engloutir, comme ils ont englouti mon père, qui s'est accroché à eux au point de se faire absorber par ce décor macabre, dernier lambeau d'une mémoire qui s'effrite.

Je me suis couché après être allé respirer un bon coup à la fenêtre, d'où j'ai pu apercevoir des types en miettes brancardés aux urgences de l'hôpital. Malgré l'heure matinale, la chaleur était tombée et recouvrait la ville d'une brume qui la rendait floue. Je me suis pressé d'avaler cette merde d'anxiolytique qui allait mettre un temps infini à me calmer. Et je me sentais si mal que j'en ai pris deux. Et puis j'ai attendu. Et j'ai prié pour que le sommeil débarque avant mon père, qui allait bien finir par sortir de sa torpeur.

Il a choisi de sévir lorsqu'il a acquis la certitude que je ne serais jamais le fils ambitieux de ses rêves, un type bien, quoi. Depuis, c'est comme si tout son être était provisoirement habité par quelqu'un d'autre que lui. J'ignore systématiquement cet étranger qui n'a trouvé que mon père à squatter. De toute façon, il m'a toujours emmerdé avec les choses qu'il voulait ou qu'il ne voulait pas que je fasse, et, quoi que j'aie fait, il ne s'est jamais réellement montré satisfait de rien. J'ai cessé d'espérer recevoir la bourrade virile un peu grotesque qu'un père donne à son fils pour le féliciter, de celles qu'on voit dans les films américains. Et Dieu sait combien il en a vu, lui, de films américains de ce genre, tous plus merdiques les uns que les autres. Et il ne pourra jamais dire qu'il ne savait pas que ça se faisait, ce genre de choses, ni que ça pouvait faire plaisir. Il n'aura aucune excuse.

Lorsque le coup de fil de Zac m'a réveillé, je ne savais plus comment ni quand j'avais fini par sombrer. Mon cerveau était un vrai bordel, avec les deux Lexomil que j'avais avalés.

— Qu'est-ce que tu fais ? a-t-il demandé.

— Pas grand-chose. Je dormais.

— Pour cette nuit...

— Laisse tomber cette nuit, j'ai dit en bâillant.

— J'en ai pas dormi, a-t-il avoué. J'ai pas arrêté d'y penser. J'ai pas envie que tu te mettes à croire des trucs pas vrais.

— Quel genre de trucs ?

— Tu sais très bien. Des trucs cons comme... Ça te ferait plaisir si j'allais te taper l'album d'Electronic à la Fnac ?

— Oui. J'ai entendu *Get The Message*, c'est vraiment pas mal. Mais je sais déjà tout ça, Zac. Ce qui s'est passé hier ne m'a rien appris sur ce qui est en train de se passer entre nous, j'ai dit en me redressant sur mon oreiller. Quelle heure il est ?

— Quinze heures à peu près. Bon, alors, t'es pas furax ?

— Non, je trouve juste ça très lourd. Il faut que je me lève.

— Tu cherches les histoires aussi...

— Mais c'est du jeu, Zac.

— T'es un sadique, Antoine. Après, t'étonne pas que ça dégénère. On se voit tout à l'heure au Paradis, y'aura Moïse.

— Merveilleux, j'ai lancé sardonique. T'es mon seul ami, Zac. Fais gaffe à ne pas tout gâcher avec ta bite, d'autant qu'elle pue.

— Comment tu peux le savoir ? a-t-il demandé après avoir éructé un éclat de rire.

— Ça traverse ton slip. T'as embaumé toute la cuisine cette nuit !

— Et pourquoi ce serait pas la tienne, de bite ? Faut toujours que t'accuses les autres !

— Qu'est-ce que t'es con ! j'ai lancé en riant avant de raccrocher.

Je suis resté un moment allongé, le temps que l'image de Flore vienne me bousiller mon réveil. Je la maltraite, alors cette fille s'accroche. Pour l'instant, elle se contente de m'empoisonner l'existence, tel est son objectif très banal. Son poison se confond avec tous les autres poisons que la vie m'inflige, alors c'est supportable.

Malgré une forme physique chaotique, je suis allé marcher sur la promenade des Anglais, comme ces vieilles femmes à la peau flasque et fardée, dont l'âge semble immémorial. Je me suis assis face à la mer, sur l'une de ces fameuses chaises bleues très inconfortables, et je n'ai pas bougé tant que le soleil diffusait sa lumière rose-orange sur la baie. J'ai attendu qu'il finisse par disparaître, là-bas, si proche de moi, derrière l'aéroport *Nice-Côte d'Azur*. Alors, encore tout enivré d'orange-rose et de décollages d'avions, le corps réchauffé, j'ai traversé le jardin Albert-1er et me suis rendu au Paradis pour boire un verre.

Zac. Julien est debout, immobile. Il me regarde me préparer pour aller au Paradis.

— T'es qu'une sale ordure ! me lance-t-il avant de retourner dans sa chambre d'un pas fantomatique.

Mon frère est jaloux de moi. De ces heures dans la nuit où je parviens à me dire que la vie peut se révéler vivable. C'est pas à cause d'Antoine qu'il est jaloux. C'est juste que, tous les deux, on a l'habitude d'être malheureux. Je ne dis pas ça pour forcer l'apitoiement. C'est la pure et pathétique vérité. Julien est mon aîné d'un an seulement. Alors autant dire que nous sommes jumeaux. Physiquement, on se ressemble à s'y méprendre. Avec une légère nuance, qui joue, sans prétention, à fond pour moi. Moi, j'ai la chance de présenter une forte ressemblance avec Mickey Rourke. La laideur passe drôlement mieux lorsqu'on l'a en commun avec quelqu'un de connu. On me dit plus : « T'es laid » en arborant une moue dégoûtée. Juste : « Tu ressembles à Mickey Rourke » avec un air admiratif. Du coup, l'insulte se mue en compliment, même si, pour qui connaît le fond du problème, le compliment demeure une insulte.

Julien, c'est autre chose. Il se montre plus amer. Y'a de quoi, faut dire ! Lui, le seul être connu duquel on pourrait physiquement le rapprocher, c'est Néron. Ce qui ne fait qu'aggraver la situation. Quand on ne lui dit pas : « T'es laid », mais : « Tu ressembles à Néron », il se sent encore plus petit, plus misérable, plus cafard. En plus, il a eu la mauvaise idée de ne pas être pédé, sans pour autant se taper la moindre fille. Du coup, c'est option branlette du matin au soir. Et on a beau dire tout ce qu'on voudra sur l'onanisme, ça manque cruellement d'altérité.

Qui voudrait se taper Néron à la fin du XXe siècle ? Personne que je connaisse.

Heureusement, un jour, alors qu'il n'avait plus d'espoir de coucher avec qui que ce soit, il a trouvé son reflet au féminin. Une Nérone, en somme. Les deux se sont dit autant se faire du bien tout de suite, car qui sait quand sera la prochaine fois qu'on tirera notre coup. C'est peut-être l'unique et dernière chance de notre vie. Quelquefois, dans des moments de vrai creux, je me demande pourquoi ils ne se sont pas mariés, histoire d'acquérir une sorte de sécurité sexuelle.

À force de ne pas vouloir renoncer, Julien perd un peu la boule. Pour se maintenir la tête hors de l'eau, il se l'allume aux anxiolytiques, et pas des Lexomil pour lectrices de *Elle* déprimées. Par-dessus, il picole à fond. Ensuite il vomit et il fait chier.

Certaines nuits, il geint tellement qu'il réveille tout l'immeuble. On est toujours obligés de déménager, parce que les gens font des pétitions contre nous. Comme on garde notre énergie pour parvenir à supporter Julien, on cède à la pression, on déménage. Mais toujours dans le même quartier, parce que ma mère ne veut pas s'éloigner de son travail. Je crois bien qu'à force on a fait tous les numéros du boulevard. Le prochain déménagement fera partie de ceux qui font date dans l'histoire de nos déménagements pour la bonne raison que nous changerons de rue.

Lorsque Julien fait ses crises, ma mère, mon père et moi, on lui demande ce qui ne va pas.

— Je veux une moto ! dit-il.

— Tu ne peux pas dans ton état, tu peux à peine tenir debout.

— Alors, une voiture ! se met-il à exiger.

— Ce n'est pas possible, une voiture, dans ton état, lui dit calmement mon père, plus tard quand ça ira mieux.

Ce crétin s'obstine à nous faire chier avec sa putain de bagnole, alors qu'il n'a même pas le permis. C'est pas de la malveillance, ça ?

Ce type est un vrai con, et que ce vrai con devienne fou ne change rien à sa posture de vrai con. Qu'il ne se fasse pas d'illusions à ce sujet ! Bien sûr, il ne prend jamais la peine d'évoquer l'état de moisissure avancée de ses parties génitales. Pourtant, c'est surtout ça qui cloche. Mais, ça, il ne le demande pas à ses parents, parce qu'il sait pertinemment qu'ils ne pourront pas le rassurer en lui disant que, plus tard, les choses s'arrangeront. Car ça n'ira jamais mieux. Mon frère est un vrai con imbaisable, *that's all*.

C'est sûr, sexuellement, j'ai plus d'activités, mais il n'y a pas de quoi se vanter. Si Julien consentait à se déporter sur cette voie, il pourrait en rencontrer, des gens. Quand t'es homo et que t'as envie de baiser, tu vas dans un endroit pour, et puis tu baises. Bien sûr, si t'y vas pour trouver l'âme sœur, ça risque d'être plus compliqué. Et puis l'homosexualité te fait découvrir qu'il existe pire que toi en ce bas monde. Roger, par exemple, te fait découvrir qu'il existe pire que toi en ce bas monde. Certains soirs, Julien pourrait même être décoré de la médaille du plus beau type de Coco Beach.

C'est pas de l'espérance, ça ?

Moïse. Au Paradis, Zac m'a présenté Antoine. Je suis immédiatement entrée en connivence avec lui. Le fait qu'on soit rapidement soûls nous a évité tout le bla-bla poussif d'un début de rencontre. On est restés attablés à la terrasse jusqu'à la fermeture du bar, puis on a marché jusqu'au Café de Turin, où on s'est empiffrés des plus grosses huîtres que j'aie jamais vues, en observant les Italiens frontaliers débarquer par hordes.

— Si on allait à San Remo ? a suggéré Antoine.

On s'est retrouvés dans la voiture de ses parents à longer la grande corniche, qui nous offrait une vision féerique de toute la baie. Jesus and Mary Chain emplissait l'habitacle des guitares saturées et mélancoliques du magnifique *Teenage Lust*. On a traversé Villefranche, Saint-Jean, Eze, Monaco, Menton. Puis, déjà, l'Italie. À la frontière, les gardes ont reluqué notre ivresse de leurs yeux scintillants de suspicion. Mais l'Alfa Romeo d'Antoine les a eus aux sentiments. Ils sont sensibles, ces Latins !

Les tonnelles enrubannées de guirlandes électriques illuminaient toutes les buvettes qui bordent la plage de San Remo. C'était une image joyeuse, porteuse d'une immense tendresse. Ça nous replongeait dans les films sur l'Italie des années 1960. Cette nuit, le film n'avait été colorisé que pour nous.

On s'est assis à l'une de ces buvettes grouillantes de familles criardes et indisciplinées. Une euphorie gratuite avait gagné nos cœurs et on était fermement décidés à ne pas la bouder. Il y a des jours comme ça.

Antoine. Assis à la buvette de cette plage, à regarder Moïse et à me dire que je la connais de quelque part. Une légère excitation monte en moi. J'essaye de me souvenir à quand remonte la dernière fois que je me suis branlé. Ça doit faire un certain temps, parce que je ne me rappelle rien. Avant, j'adorais ça. Avant quoi ?... Avant Flore ? Avant d'être vieux ?

Je m'imagine avec Moïse en train de baiser. Mon érection fait enfler mon jean. Je croise les jambes et pose ma main pour cacher la boursouflure. Zac allume une cigarette et la laisse coincée entre ses lèvres jusqu'à ce qu'elle soit tout à fait consumée. C'est un style qu'il aime bien se donner, comme si sa personnalité s'appuyait totalement sur ce tic.

— T'étais pas au concert de Killing Joke en 87 ? je finis par interroger Moïse.

— Ouais, ils passaient avec les Lords !

— C'est de là que je te connais, je dis.

— Peut-être, mais ça m'étonne, parce qu'en général on ne me reconnaît jamais.

— D'ailleurs, tu m'avais dit que tu ne l'avais jamais vue ! intervient Zac.

Nous finissons la bouteille de vin. Zac se propose d'aller en chercher une autre. Amusés, on l'observe tituber jusqu'à la buvette.

— Tu le connais depuis longtemps ? me demande Moïse en allumant une cigarette.

— Moins d'un an. On écrit un scénario ensemble.

— Ah, c'est bien.

— Bof... En fait, on s'en fout. C'est un peu un prétexte.

— Je vois. Mais, à part ça, qu'est-ce que tu fais ? T'as un métier ?

— Ouais, me la couler douce. Au grand dam de mes parents. Et toi ?

— Disons qu'on exerce la même profession. Au grand dam de mes parents.

On se regarde et on arrête de se regarder, parce qu'on pense que ça fait trop, qu'une seconde de plus à se regarder et ça impliquera déjà autre chose que le simple fait de se regarder. Visiblement, ni elle ni moi ne voulons entrer dans ce genre de regard.

Mon érection est tombée. Fausse alerte.

Zac revient avec une nouvelle bouteille de vin. Il est si saoul qu'on vérifie qu'il ne l'a pas vidée en chemin, mais elle est pleine.

— J'adore les Italiens, ils sont tous splendides !

— Ce sont de gros blaireaux, je les déteste, je dis en pensant à cette fille de Ligurie avec qui j'ai couché il y a au moins cinq ans et qui n'arrêtait pas de rire pendant qu'on baisait. Je lui avais demandé si elle se foutait de ma gueule. Pour toute réponse, elle avait ri. Et moi, j'avais eu envie de la frapper, juste pour qu'elle arrête. Finalement, je les avais plantés là, elle, son vagin avide et son rire grotesque.

— Toi, tu dirais n'importe quoi pour me contredire, rétorque Zac.

— Mais non, je pense vraiment que ce sont de gros blaireaux.

— Mon œil, tu dis ça dans l'unique but de m'emmerder.

— D'accord, je dis, estimant Zac trop ivre pour envisager de le convaincre de ma bonne foi.

— De toute façon, ça ne m'empêchera pas de baiser avec l'un deux si l'occasion se présente, dit-il en regardant autour de lui, tout à fait certain que l'occasion ne se présentera pas.

— Tu fais comme tu veux, Zac.

— Aciid, Aciid !

Durant les heures qui suivent, on se parle à peine. On se contente de danser et, les rares fois où l'on retourne s'asseoir à la table, on se contente de boire. L'exubérance toute méditerranéenne de Moïse révèle l'immense mélancolie qui se dégage d'elle, mieux encore que si elle avait voulu la montrer. Il y a bien longtemps que je ne me suis pas senti aussi bien en présence d'une fille. Cette nuit regonfle mes glandes d'espérance à bloc. Zac se montre agréable, drôle, brillant, fantaisiste, généreux. Une sorte d'ami idéal. Zac incarnerait l'ami idéal s'il n'avait pas dirigé sa bite contre moi. Peut-être alors ne serions-nous pas amis ? Moïse serait une sorte d'amie parfaite si je ne sentais pas ma bite se tourner dans sa direction. Peut-être alors qu'elle ne m'intéresserait pas ? Je n'en sais rien... Ce dont je suis sûr, c'est que tout reste affaire de cul. Une amitié sans désir sous-jacent se résume à un ciel sans bleu ou une nuit sans étoile.

Mais qui nous a si profondément inculqué que le sexe était digne du plus grand sérieux ? Quelle tragédie dans nos vies !

Zac. Je n'ai jamais connu un tel sentiment de plénitude. Au point que plusieurs fois pendant la nuit je me suis demandé si je ne rêvais pas. Je guettais le temps. Les heures filaient trop vite. Je n'avais pas envie que ça s'arrête. Je voulais continuer d'être ce Zac-là, ce mec bourré, bien dans sa peau, plein d'appétence pour la vie.

Antoine et Moïse se sont plu. Cette nuit italienne a constitué un début prometteur à une solide amitié trinitaire. Pourtant, avec le recul, je ne cesse de me demander quel bénéfice je peux tirer de les avoir présentés, dans la mesure où Antoine est un homme, Moïse, une femme (selon toute probabilité), et que je ne crois pas à l'amitié entre un homme et une femme, à moins que l'un des deux ou même les deux soient homosexuels ou vraiment repoussants (et encore, cf. Néron et Nérone). Moïse et Antoine n'appartiennent à aucune des deux catégories, ce qui signifie que tout peut arriver. La réponse est que je ne tire aucun bénéfice à les avoir présentés, sinon passer de tendres nuits auprès d'eux. Pire que ça, cette mauvaise idée pourrait bien causer ma perte. Conclusion : je suis un con parfait. Mais cette jouissance nocturne vaut toutes les mauvaises idées que je pourrais avoir.

Moïse. Antoine est d'une beauté peu banale. Un visage anguleux, des yeux bleus, enfoncés, et ornés de miel, un grand nez intelligent, un vaste front dégagé, des cheveux longs, châtain clair, rehaussés par des mèches cuivrées, coupés au carré. Une sorte de Raspoutine moderne, sans la barbe, avec un look moins batecave.

Durant la nuit, Zac nous a fréquemment abandonnés pour aller pisser, boire, puis repisser, puis éventuellement reboire, jusqu'à ce qu'il n'ait plus d'argent à dépenser, donc plus de vidange à faire. Antoine en profitait pour me faire passer un interrogatoire sur mes goûts, mes dégoûts. Il faisait l'inventaire. C'était un peu trop direct pour une fille qui ne sait jamais ce qu'elle veut ni ce qu'elle regrette ni ce qu'elle veut regretter ni encore ce qu'elle regrette vouloir. Enfin, l'essentiel, c'est que j'aie semblé l'intéresser même si ça m'a paru franchement suspect. Ce genre de type n'aime probablement pas les filles comme moi. Enfin, je veux dire les célèbres Moyens Boudins. Qui pourrait prétendre les aimer ? Moi-même, qui suis pourtant plus que concernée, je ne les aime pas. Il faut être vraiment con ou vraiment pur pour les aimer d'emblée. Seul Dieu, s'il existe... Pas pour nous, on dirait. S'il existe, je tiens à lui dire qu'il s'est montré mesquin. Pourquoi m'a-t-il choisie, moi, et pas une autre fille qu'il aurait déjà accablée d'un grossier handicap, genre un moignon ou deux. Lorsqu'on accumule les tares à ce point, je suppose qu'on ne s'en rend plus vraiment compte. Parfois, je me mets dans la peau d'une fille belle, et je me dis tu rentres dans cette soirée en tant que belle. Tu es bonne ! Tu es très très bonne ! Il te suffit d'apparaître pour susciter l'envie et surtout la jalousie, bien plus flatteuse pour l'ego. Je m'accoude au comptoir, mon ventre plat, enfin mon ventre tout court, légèrement poussé vers l'avant. Et je laisse planer mon regard (qui plane hélas naturellement) au-delà de toute cette assemblée éblouie qui m'admire en secret. Mais, moi, je joue la fille humble, celle qui semble faire fi de sa beauté, que sa beauté encombre même parfois, celle qui pourrait dire des trucs comme : « Ce qui compte, c'est la beauté intérieure », ou : « Aimez-moi pour ce que je suis ! »

Dans ces cas-là, je vérifie malheureusement très vite que je suis la seule à remarquer que je suis bonne, très très bonne ! Et très rapidement je reviens à mon vieux plan Orsec contre la catastrophe naturelle : humour, pertinence (qui parfois me font la grâce d'intervenir), érudition (option en berne pour l'instant), enfin tout ce qu'on appelle vulgairement le charme, que je nommerai, moi, ridicule palliatif à la terrible carence dont je souffre dans le domaine d'une accessibilité plus immédiate.

La moche, c'est sûr, est condamnée à faire des efforts. Et ce vieux nain mort de Mister Coué est une sous-merde !

Pour en revenir à Antoine, Zac se pâme devant lui comme une chatte en rut. Pas question de faire une tentative désespérée. Je ne veux pas perdre Zac pour une amourette avec un dandy dont l'attirance reposerait sur un malentendu. Même si cette nuit m'a permis de vérifier à quel point Zac a peu de chances de parvenir à ses fins.

On ne devrait jamais vouloir baiser avec les gens qu'on aime si éperdument.

Zac. Julien a absorbé une boîte de Xanax. Aussitôt après, il a téléphoné aux pompiers pour qu'ils viennent le sauver. La vie fait chier ce type et il nous le rend bien.

Au bout du compte, il organise tout ce cirque pour nous indiquer qu'il veut rester vivant. Et nous, on encaisse juste parce que l'autre veut pas crever. Mais des tas de gens ne veulent pas crever ! Ce type n'a pas le monopole du vœu de non crevage. Moi et quelques autres crétins, nous sommes aussi de la partie !

J'étais en train de savourer un rare et profond sommeil quand ce taré a lancé son énième S.O.S. Mais, le temps que les pompiers débarquent, il était tombé inconscient sur son lit. Ils ont sonné à la porte comme des dératés. Je me suis réveillé en sursaut et suis allé ouvrir, semi-comateux, vêtu d'un simple slip, ce qui est plus facile à porter qu'à prononcer. Par chance, c'était un Calvin Klein.

Lorsque les pompiers m'ont vu dans cet état, avec ma gueule pas très catholique, ils n'ont pas eu le moindre doute. Ils ont tenu à m'embarquer moi et pas un autre.

— Allez, venez avec nous, monsieur, on va vous soigner, ont-ils gentiment proposé.

— Il y a certainement une erreur, j'ai répondu. Il doit s'agir de mon frère.

— Laissez-vous faire. Ça va aller… ont-ils ajouté, incrédules.

Ils ne pouvaient pas imaginer deux secondes que je dormais à l'heure songeuse de l'après-midi, en simple slip Calvin Klein, comme ça, pour le plaisir. J'étais forcément un suicidé en simple slip Calvin Klein. Ils ne se sont pas même demandé si un type qui porte de simples slips Calvin Klein pouvait réellement avoir envie d'en finir. C'est pourtant le genre de détail qui fait qu'on s'accroche à la vie.

— Je vous assure ! Vous faites erreur. Je ne me suis pas suicidé. Je dormais, c'est tout. C'est mon frère...

— C'est ça, c'est ça.

J'étais fatigué de me battre. Et puis ces pompiers me plaisaient bien. Me faire dorloter par des *men in uniform* ne pourrait me procurer qu'un réconfort certain. J'ai cédé à mes fantasmes contre mes velléités de sentiments fraternels. Je me suis laissé traîner dans leur ambulance. Après tout, l'autre n'avait qu'à crever, ça lui ferait les pieds. Sur la route, ils ont compris qu'il y avait erreur, comme un délit de faciès. Ils ont opéré un rapide demi-tour et ont récupéré le faux-vrai fou, le vrai-vrai con inconscient.

Après ce réveil agité, j'ai déjeuné devant MTV spécial Charlatans, puis j'ai téléphoné à ma mère.

— Ton crétin de fils a encore abusé du Xanax. Il est à l'hôpital en train de se faire forer l'estomac. J'en ai ras-le-bol de ce cinglé !

— Encore ! Mais ça va, au moins ?

— Hélas, je pense que cette fois encore il va s'en sortir.

Elle en a pris bonne note, puis a raccroché. Quand l'habitude vous gagne, même la mort ne vous effraie plus. La mort de mon frère devenait anecdotique pour sa propre génitrice.

Je me regarde dans la glace de la salle de bain. Ma tête me fait horreur. Je mesure à quel point j'aimerais être quelqu'un d'autre, vivre une autre vie, mais laquelle ?

Je me concentre de nouveau sur la mienne et me rappelle que ce soir a lieu une grande soirée Ice Cube dont le thème est « l'an 2000, le chaos ». Nous sommes à moins de dix ans de la fin de ce siècle merdique, et cette superstitieuse d'Albert croit encore nous faire fantasmer sur l'arrivée du nouveau, qui le sera probablement tout autant. On a décidé d'y aller.

Qu'est-ce qu'on pourrait faire d'autre ?

Dans un futur proche et lointain ? Rien.

Moïse. C'est Albert lui-même qui nous accueille à l'entrée de sa soirée pourrie. Il est sapé d'une combinaison moulante argentée qui lui donne un aspect incontestablement rayonnant. D'énormes boucles d'oreilles rouges, à forme arrondie, pendent à ses lobes. On dirait une mauvaise imitation d'un mobile de Calder. Antoine ne peut s'empêcher de lui pouffer à la figure. Albert se vexe. Il n'a certainement pas passé la semaine à chercher ses fringues lamées argent pour se faire humilier de cette façon à l'entrée de sa propre soirée. Il hésite deux secondes entre nous renvoyer comme des chiens et nous renvoyer comme des chiens. Puis il tranche dans le vif en nous disant d'une voix menaçante, mâtinée d'accents aristocratiques :

— Allez raquer vos cent balles à la caisse.

Antoine. J'ai payé ma tournée d'ecsta. C'était vital de gober dans cet univers-là. Décollage supersonique, mais manque d'endurance. Zac a repéré le sosie de François Feldman. Toute la nuit, il l'a harcelé avec cette seule question :

— Est-ce que t'as le serpent qui danse ?

Zac. Toute la nuit, je n'ai vu, je n'ai respiré, je n'ai senti qu'Antoine. Toute la nuit, j'ai marché à côté de mon être, me regardant éprouver la détresse, la solitude. J'ai épié mon souffle pour voir si je n'étais pas mort ou devenu à jamais le vagabond de mon propre corps. J'admirais l'indifférence légère qu'il me témoignait et que j'étais incapable de lui rendre. L'ecsta m'avait ôté la parole. Je ne communiquais que par borborygmes affreux. Ça tombait bien, je n'avais rien à dire, à part hurler combien j'étais malheureux.

Moïse était là, au milieu de nous, savourant simplement la joie de se trouver là, au milieu de nous. Et j'ai eu ce pressentiment que, désormais, elle serait toujours là, au milieu de nous. Et étrangement je n'ai pas perçu le fait que Moïse soit là, au milieu de nous, comme un obstacle. Sa présence me faisait du bien, mais ma perception d'elle était vague. Nous n'avions jamais évoqué la nature de nos sentiments, et ce flou avec elle me plaisait. Je l'ai regardée danser et je me suis dit que je n'éprouvais aucun désir pour elle, que je n'avais jamais senti son corps, même quand il se trouvait très près de moi. Combien de fois elle m'avait collé au corps ? Peut-être qu'elle aussi cherchait le mien. Je savais que le jour où elle se mettrait à chercher celui d'Antoine, elle le trouverait. Et que feraient-ils de moi ? Cette nuit, j'ai pensé à tout ça.

Et maintenant le jour se profile comme une menace, et, tous les trois, nous marchons sur la promenade des Anglais. Des tas de gens courent près de nous, mais on ne leur prête pas attention. On a depuis longtemps intégré cette donnée qu'à cette heure, entre chien et loup, des tas de gens courent sur la promenade des Anglais. Des tas de gens que le lever du jour n'atteint pas. Des tas de gens inconscients et heureux de courir dans le sens du vent.

J'ai cherché toute la nuit quelqu'un qui me regarde vraiment. Je n'ai trouvé personne. J'ai embrassé de force l'aube d'été.

Moïse. Là. Comme des cons. Avachis sur des chaises bleues. Scrutant cette humanité qui s'agite pour garder un corps sain à son esprit sain. Cette vision me flanque un cafard monstrueux. L'ecsta ne me protège plus du réel. Je frissonne. Je suis fatiguée. Tout bonnement fatiguée.

— J'ai envie de me barrer de cette ville de merde, dit Zac, à demi vraiment désespéré, à demi dans le mythe du vraiment désespéré.

Et moi j'ai envie de rentrer. Chacun de mes petits matins est une crucifixion. Le chant frais des oiseaux m'assassine. La jeunesse me quitte et je me sens de moins en moins apte à faire semblant d'y croire.

— Pour aller où ? je demande à moitié présente.

Toute la nuit, j'ai observé Zac en train de m'observer, miné par le rejet d'Antoine. Son regard frondeur, faussement gai, passait de lui à moi, espérant même y capturer un souffle vital. Et je n'ai pas pu déceler en lui grand-chose, à part l'ambiguïté de ses questions. Si j'avais pu y répondre, je me serais précipitée vers lui et lui aurais demandé de m'écouter. Mais moi non plus je ne possède pas de réponses aux questions, et ça m'ennuie davantage aujourd'hui, uniquement parce qu'il est à mes côtés. C'est plutôt moi qui avais envie de lui poser des questions du style : Quel est mon rôle dans cette histoire ? As-tu pensé à certaines directions ou devons-nous improviser ?

— J'sais pas trop… C'est ça, le problème.

— À Mykonos, lâche Antoine en laissant échapper un rire éreinté.

— T'es vraiment drôle, Antoine. Je me demande où tu vas chercher tout ça ! dit Zac, maintenant totalement vraiment désespéré.

Toute la nuit, j'ai eu très peur que Zac me dise de dégager le plancher, qu'il n'y avait pas de place pour moi. J'imagine qu'Antoine n'a rien remarqué de nos tribulations. Ce type semble toujours naviguer dans des sphères très hautes, bien plus hautes que lui, ou très profondes en dedans de lui. Des sphères que ni Zac ni moi ne pouvons atteindre. Il est resté à côté de moi toute la soirée et j'ai éprouvé le sourd désaveu de Zac. Tout au fond de moi, j'ai senti combien je le suppliais déjà de me pardonner. Je l'ai embrassé. Très tendrement. Sur le moment, il m'a semblé qu'il avait compris que je l'aimais beaucoup.

Antoine. Je me réveille en sursaut avec le son du Top 50, que ma mère a mis à fond. Je me lève dans l'intention de la jeter. Mais, à travers l'entrebâillement de la porte du salon, je constate que ma propre mère est en train de danser furieusement devant l'écran de télé, qui diffuse le clip d'Indochine, *Des fleurs pour Salinger*, sous le regard amusé de mon père. Je ne sais pas pourquoi, cette vision m'émeut, j'en ai les larmes aux yeux. Je pense à la jeunesse qui file toujours très vite pour les gens trop épris de vie. Il y a des êtres qu'on regrette de voir vieillir, parce qu'ils ne le méritent pas, parce qu'ils ont encore les yeux dans l'enfance ou l'enfance dans les yeux. Je me recouche le cœur serré. Impossible de me rendormir.

Je pense à Moïse. Zac m'a dit qu'elle partait à Venise avec nous. Cette idée me rend heureux. Et puis je me voyais mal seul avec Zac, voguant amoureusement sur un vaporetto nous menant au Lido, forcé d'incarner le petit Tazzio, pour un remake de *Mort à Venise*.

Avec elle, je me sens léger. Peut-être parce qu'on ne baise pas ensemble et qu'on sait tous les deux qu'il existe de fortes chances pour que cette question finisse par se poser un jour. Zac veille au grain, mais le grain risque de lui filer entre les doigts.

— Ça te dirait de venir nager avec moi, en fin d'après-midi ? m'a-t-elle demandé alors que nous nous quittions, dégrisés par le jour.

— OK, j'aime la plage en fin d'après-midi, j'ai déclaré en esquivant le regard sournoisement réprobateur que Zac jetait sur moi.

— Et toi, Zac, ça te branche ?

— J'ai horreur de la plage, a-t-il répondu, laconique et bougon.

Je ne nagerai pas très loin, car la profondeur me paralyse. Me contenterai de rester au bord. Elle s'éloignera en brasse coulée et, la première bouée atteinte, me fera un signe de la main en se demandant pourquoi je ne l'ai pas suivie. Je mentirai, prétextant un muscle froissé, car elle n'est pas du genre à aimer les mecs qui ont la trouille des profondeurs. Nous irons nous étendre à même les galets. Elle fermera les yeux pour mieux éprouver l'atmosphère feutrée du moment, tandis que j'observerai sa poitrine généreuse. Elle fait au moins un 95 B. Je vois ça comme si j'y étais.

Moïse. Avec Antoine à la plage. Il refuse de nager et préfère s'asseoir sur la montagne de galets, tout au bord, cerné par le ressac. Ce qui me force à demeurer dans l'eau pas mal de temps, genre la fille « keskejèmlamer ».

Je ne veux pas lui donner l'occasion de détailler mon corps de sirène malmenée par les flots. J'attends donc qu'il soit fatigué de fixer l'horizon et qu'il retourne s'étendre sur sa serviette pour sortir enfin et le rejoindre en catimini.

Maintenant je suis allongée près de lui. Son bras effleure le mien. Je ne me dégage pas. J'ai peur de bouger. Je ne veux pas perdre le contact avec sa peau fine, fraîche, tendre. S'il n'y avait pas Zac, je me jetterais sur lui. Je ne ferais pas languir mon désir, de peur qu'il finisse par hésiter. Mais Zac est bien là, et il a déjà pris soin de poser le sceau de son interdiction. Et je ne veux pas lui donner de raisons de me haïr, tout en sachant qu'il me hait probablement déjà.

Zac. Je les aperçois alors qu'ils sont encore loin du Paradis. Je ressens un vague sentiment d'exclusion. En même temps, sans moi, je trouve le tableau plus harmonieux. Encore une fois, j'incarne l'élément qui charge le décor. À croire que les gens comme moi n'ont pas de place et qu'ils sont condamnés à errer et à emmerder les autres avec leurs sentiments enrobés de solitude. Il ne faut pas que je commence à me monter la tête à propos des deux seuls êtres pour lesquels j'ai encore envie de sortir de mon lit.

Ils me racontent la mer, l'esprit bouillonnant de soleil. On entame un apéro qui va sûrement s'éterniser. Nos vies sont une suite de verres que l'on vide. Et ça, c'est pas mal. Disons que c'est un principe qui nous rapproche. Antoine a ramené de la plage un léger hâle qui fait ressortir ses yeux aussi irisés que des fragments d'opale. Ce type devrait vivre comme un nanti de la vie. Je ne comprends pas pourquoi il s'obstine à se la compliquer.

Moïse coiffe son casque de walkman sur sa tête et enclenche son laser-disc. C'est probablement l'album *Nowhere* de Ride, parce qu'elle chante *Kaleidoscope* à haute voix.

— Tu peux la fermer ! je lui hurle, au bord de la rupture d'anévrisme.

Avec Antoine, on ne se parle pas, on se contente d'observer les gens qui défilent fièrement. C'est comme ça que ça se passe dans les villes de province. Il existe toujours une rue où il est plus efficace de faire sa propre publicité en y défilant fièrement.

— Tu as fait tes photos pour Venise ? je demande.

— Non, j'ai oublié, me dit-il en zyeutant une vendeuse qui revient d'une réserve en tenant trois chemises protégées par des housses en plastique, aussi scrupuleusement que si elle transportait une œuvre d'art d'un prix inestimable. Je sais qu'il se l'est tapée.

— Regarde-moi ça, cette fille plane jusqu'à sa boutique, où elle consume allègrement les plus belles heures de sa jeunesse. Et regarde comme elle semble heureuse ! lance-t-il avec le même détachement que s'il ne l'avait jamais connue.

— Ça s'est mal passé avec elle ? je l'interroge en le sondant d'un regard amusé.

— Comprends pas… lâche-t-il, faussement perplexe.

— Regarde qui arrive, je lance en apercevant Flore qui fonce vers nous.

— Salut ! nous sort-elle triomphalement en prenant bien soin de poser ses deux mains meurtrières sur les épaules d'Antoine en signe de possession.

Lui, il affiche une mine décomposée.

— Salut, je marmonne en regardant ailleurs.

— Salut Zac, t'es encore là, je vois…

Moïse n'émet aucun signe dans sa direction. Flore ne tarde à pas la jauger. Une ombre d'inquiétude fane subitement son visage, pour disparaître aussitôt. Lumière. En une seconde, Flore a jugé la situation, estimé la taille du danger.

Combien vaut Moïse en tant que rivale ? Apparemment pas grand-chose, puisque la folle demeure sereine. Elle lui tend une main chaleureuse pour la saluer.

— Salut. Moi, c'est Flore.

Moïse répond en lui grimaçant un sourire. Flore finit par lâcher les épaules d'Antoine et se décide malheureusement à s'asseoir avec nous.

— Tu devais venir me chercher chez Carita, Antoine. Je t'ai attendu !

Elle balance ça avec une moue de reproche enfantine qui jure avec son regard de parfaite corrompue. Tout ce que je déteste. Le royaume de l'enfance appartient à ceux qui en ont conservé la mémoire. À qui on veut, sauf à elle.

— Désolé, j'ai oublié, lui répond-il d'un air blasé.

Ensuite, nous avons droit à tous les détails de son peeling doux, puis du masque raffermissant qui referme délicatement les pores de la peau.

— Je me sens toujours comme une nouvelle femme lorsque je sors d'un institut de beauté, lance-t-elle très sérieusement, plus pure peut-être, ajoute-t-elle en rêvassant.

— C'est fort ! J'en frissonne d'émotion, je ne peux m'empêcher de railler.

— Salut, dit Moïse à Flore en décoiffant son casque de walkman, coupant court à toute riposte à mon encontre.

Flore devine que Moïse admire sa beauté. Dépourvue d'intelligence depuis la naissance, elle s'est vue forcée de développer son instinct animal (bien qu'on puisse également mettre en doute sa part d'animalité). Et son instinct de bête lui indique que Moïse ne représente aucun danger quant à son éventuel éjectage, car elle s'avère, d'évidence, bien plus moche qu'elle. Alors, rassurée, elle déploie son plus large sourire en signe de gratitude. Juste pour remercier Moïse d'être si moche.

— Tu es une amie de Zac, je suppose ? finit-elle par demander d'un air condescendant.

Moïse acquiesce de la tête. Elle me lance un regard perplexe, alors que moi je regarde Flore avec une moue dégoûtée, en espérant qu'Antoine interceptera ma réaction, mais c'est Flore qui l'intercepte.

— Qu'est-ce qu'il y a de si affreux ? me questionne-t-elle avec la voix très haut perchée d'une institutrice restée vieille fille pour cause de physique ingrat.

— Rien, pourquoi ?

— Je ne sais pas, tu me regardes comme si j'étais un monstre ! dit-elle en me crucifiant de ses yeux d'hystérique.

— Tu veux pas te calmer… lui dit Antoine avec un air méprisant.

— Je suis calme, je demande juste à Zac ce qu'il trouve de si dégoûtant chez moi, insiste-t-elle au seuil de la colère.

Une abeille vole autour d'elle. J'aimerais qu'elle l'avale et s'étouffe.

— Rien. Ce n'est pas toi que je regardais, c'est une fille horrible qui passait juste derrière toi, je dis, alors que j'ai une immense envie de la frapper.

— J'aime mieux ça, lâche-t-elle avec un grossier soupir de soulagement, sinon ça signifierait que tu me détestes vraiment.

— Mais non, je dis d'un ton neutre, en pensant mais oui je te déteste, je te déteste, connasse !

— Ce n'est pas parce qu'il y a Antoine entre nous que nous devons nous conduire comme des sauvages, conclut-elle en hoquetant des rires grotesques.

Je la fusille du regard. Antoine la fusille du regard. Moïse se contente d'assister froidement à son assassinat imaginaire.

— Arrête, lui ordonne Antoine, on en a rien à foutre de tes histoires.

— Tu sais que Zac est amoureux d'Antoine ? demande-t-elle à Moïse en s'agitant sur sa chaise.

— Non, mais je m'en fous, rétorque Moïse en me lançant un regard entendu.

— Eh bien moi aussi, j'ai décidé de m'en foutre. Je ne ferai plus d'histoires, déclare-t-elle en me tendant sa petite main sournoise. Amis ?

— OK, je dis en la serrant, alors que j'ai envie de vomir sur sa panoplie Gucci.

Moïse. Parfois je croisais son regard qui s'égarait imperceptiblement sur moi. Et, chaque fois, j'éprouvais un violent spasme au creux de mon ventre « trois bourrelets » et je me disais : ce regard n'est pas pour moi, il y a méprise. Je ne suis pas de ces femmes sur lesquelles les regards s'égarent. Et puis l'arrivée de Jésus a fait diversion. Zac l'appelle « Je suce ». Jésus n'a pas une once de dérision, et ce surnom très fin heurte sa susceptibilité. C'est avec soulagement que nous l'avons vu débarquer et en sauveur que nous l'avons accueilli, même si on avait du mal à déterminer laquelle des deux plaies, entre Flore et lui, s'avérait la plus tolérable. D'ailleurs, ces deux illustres êtres humains semblaient se détester. Ils se battaient probablement pour décrocher la palme du plus vaniteux, du plus crétin des êtres humains.

Comme prévu, Zac a lâché un « salut Je suce ! ». Comme prévu Jésus, lui a répondu, plein d'un énervement contenu :

— T'es vraiment trop con, Zac !

Comme prévu, nous avons lâché un rire mécanique.

Flore a offert à boire et l'a au moins bouclé pendant trente secondes et des poussières. Ça a fait du bien à tout le monde.

— Regardez ce que je vous apporte ! a lancé Jésus, sortant un manuscrit de son sac à dos en imitant le rire bêta de Flore, qui semblait l'avoir elle-même piqué à Garcimore.

— C'est quoi encore ? a demandé Zac avec un air blasé.

— Je vous offre la primeur de mon nouveau roman, *Quadriphonie citron* !

— Mais on s'est déjà tapé *Quadriphonie chocolat* ! a geint Zac.

— *Quadriphonie citron* va faire passer *Finnegans Wake* pour de la littérature de jeune fille ! a déclaré Jésus plein d'une assurance débordante.

— Oh, j'aimerais bien le lire ! a lancé Flore, dont l'expérience de lectrice s'était certainement arrêtée à *Martine à la plage*.

— Ouais, on verra, a dit Jésus, un peu désappointé que seule Flore se soit mise en liste d'attente des lecteurs de *Quadriphonie citron*.

— C'est bien, Antoine a fini par dire, devant l'air subitement désolé de Jésus.

— C'est très bien, j'ai fini par dire.

— C'est très très bien, Zac a fini par dire.

Aussitôt, afin d'éviter un drame, nous avons adopté un air admiratif, le même air uniforme et faux, en nous résignant silencieusement à donner au moins trois bonnes heures de notre vie à *Quadriphonie citron*. Et comme avant *Quadriphonie citron*, il y avait eu *Quadriphonie chocolat*, une expérience de lecture absconse qui se plaçait parmi les heures les plus absconses de notre vie, nous savions déjà, hélas, ce qui nous attendait. La prochaine étape serait de déterminer lequel d'entre nous donnerait en premier ces fameuses trois heures de sa vie.

— Tu comptes en écrire combien comme ça ? a demandé Zac, dont la soudaine agressivité répondait à une réaction organique de rejet.

— Je ne sais pas, a répondu Jésus, la mine perplexe.

— Non, parce que je te préviens d'avance que je ne pourrai pas lire *Quadriphonie fraise* et *Quadriphonie praliné*. Je vais être très occupé dans les prochains mois.

— Zac, on t'a déjà dit que t'étais un gros enculé ? a questionné Jésus, sans le moindre signe tangible d'énervement.

— Plusieurs fois, Je suce. Plusieurs fois.

— Ça ne m'étonne pas.

Nous sommes restés très tard, assis à la terrasse du Paradis, à méditer sur le fait que Jésus était mûr pour écrire l'œuvre ultime, et nous, pour nous emmerder à la lire. Lorsque nous avons fini par nous quitter, nous étions tout bonnement soûls. Soûls des conseils en cosmétique de Flore, soûls de la surestimation de Jésus, soûls de ces gens qui ne doutent jamais.

Antoine. C'est décidé, je la largue. Flore est une fille imbuvable. Elle est tout bonnement à chier. Et puis Moïse est là, et cette seule donnée me pousse à penser ma vie différemment, à lui accorder un peu plus de crédit.

Zac. Antoine décroche.

— Qu'est-ce que tu penses de Moïse ?

— C'que je pense de Moïse ?

— Ouais ! Qu'est-ce que tu penses de Moïse ?

— Je ne sais pas… Rien. De Moïse, tu dis ?

— Ouais, de Moïse !

— De Moïse, pas grand-chose. J'en sais rien… Pourquoi tu me poses cette question ?

— Pour rien… Qu'est-ce que tu fous ?

— J'attends quelqu'un.

— Quel genre de quelqu'un ?

— D'après toi, crétin ! Tu crois vraiment que ça me fait plaisir ? Ça va pas être facile ! J'vais en chier !

— Démerde-toi !

Une nuit sans lui, c'est mon éternité qui fout le camp.

Moïse. Zac m'appelle pour me dire qu'il va passer me chercher parce que, ce soir, il n'a rien d'autre à faire. Ça fait toujours plaisir d'incarner l'éternelle roue de secours de tout le monde. J'éteins la radio, calée sur France Inter. La black session des Stone Roses n'est pas terminée. Tant pis. J'enfile un sta-prest, mon Fred Perry, et mes Loafers. Je fais un peu skin comme ça et, sur l'instant, je pense que, pour une juive dans mon genre, c'est un comble.

— Tu peux remettre la radio, s'te plaît. J'adore les Stone Roses, surtout l'album avec les citrons, me dit Zac alors qu'il vient à peine de débarquer.

— Pas la peine de préciser. C'est le seul qu'ils aient fait à ce jour, Zac.

Zac m'assassine d'un regard noir, révélant à quel point il déteste se tromper ou ne pas savoir.

— Je sais bien, j'ai dit ça comme ça !

Nous écoutons la fin de la black session sans nous adresser la parole et quittons l'appartement après « I Wanna Be Adored ».

Zac affiche un mutisme malveillant. Il digère sa défaite culturelle alors que je m'amuse vaguement de son dépit. On s'arrête au De Klomp, un pub bondé de la vieille ville. On s'installe au comptoir, car la bière y est moins chère. Autour de nous, une meute de jeunes Américaines s'agite stupidement. Zac carbure au Picon-bière, moi à la Guiness pression. Avec le Picon-bière, et l'idée que ce soir il ne verra pas Antoine, Zac se retrouve vite chiffon.

— Il te plaît, Antoine ? questionne-t-il, me faisant ostensiblement du rentre-dedans.

— Antoine ?

— Ouais, Antoine !

— Antoine… Ouais, je l'aime bien. Pourquoi tu me poses cette question ? je dis, un brin dégagée.

— Tu vois très bien pourquoi je te pose cette question ! me balance-t-il, très agressif.

Je vois surtout qu'il cherche la querelle. J'évite de répondre à ces agaceries de femelle en chaleur. Je n'ai pourtant qu'une envie, celle de lui régler son compte sur sa prétention et tout le reste. L'air de rien, l'histoire des Stone Roses, c'est l'image exemplaire de toute sa vie. Chez lui, tout est histoire de revanche. Ce type périra de vanité. Qu'est-ce que j'y peux, moi, si les Stone Roses n'ont fait qu'un album, si Antoine ne veut pas baiser avec lui, si la vie est chiante à en crever ? Keskejipeu ? J'en bave aussi.

La bière brune me tape sur le système nerveux et je me sens à deux doigts de lui arracher les yeux. Je tente de me calmer, me rappelant qu'après tout c'est lui qui est venu me trouver. Moi, j'avais établi un programme du tonnerre pour ma nuit céleste : regarder de longs et savoureux épisodes des *Feux de l'amour*.

Zac. Moïse et moi, au comptoir, devant deux verres vides.

— Qu'est-ce que t'as contre moi, ce soir ?

— Mais rien, qu'est-ce qui te prend, t'es cinglé ou quoi ?

— J'aime pas trop que tu fasses genre la fille qui sait tout ! J'en connais une montagne de plus que toi en pop ! Toutes les semaines, je tape le *NME* à la maison de la presse, moi !

Moïse se contente de pousser un sifflement admiratif en guise de moquerie. Cette fille m'emmerde, avec son éternel regard condescendant. *Quien tu te crees ?* lui demanderait Latino Party. Je pourrais bien lui anéantir sa prétention si je me mettais à lui sortir tout ce que je sais. Elle pourrait même plus se regarder dans une glace tellement elle se jugerait stupide et creuse. Et puis j'en ai marre de ces Américaines déchaînées, de leur attente pathétique d'amours inutiles, figée sur leur visage cramoisi. C'est étrange comme les gens se montrent exigeants en cette saison et si carpette tout le restant de l'année. D'une manière générale, ils espèrent toujours qu'il va leur arriver quelque chose dans la vie. Du coup, ils se croient permis d'emmerder le reste du monde avec leur idée très floue de ce qu'ils méritent et qu'ils n'obtiennent pas.

Moïse. Je soupçonne Zac de cacher encore quelques billets au tréfonds des vieilles poches de son jean peu récent qu'il s'entête à porter fort moule-couilles. Je fouille allègrement les miennes et constate avec tristesse que je n'ai plus un centime. Mais je ne veux pas arrêter de boire, parce que, même si la soirée s'avère glauque, même si rien ne va, je déteste interrompre les choses en cours de route. La nuit est sur le déclin, mais je veux qu'elle décline tout à fait avant de lâcher prise. Les choses avortées dépriment plus que les échecs.

— Tu veux un autre verre ? je lui demande, comme pour faire une trêve.

— Ouais, mais à condition qu'on se casse d'ici.

Lourds comme des pachydermes, les deux êtres en péril que nous incarnons s'installent au comptoir d'un autre troquet. Tout semble pourtant parfaitement identique, au point que je me demande si nous avons réellement parcouru les quelques mètres qui séparent les deux bars. Zac semble être redevenu lui-même, ou du moins a-t-il revêtu le masque de bonne humeur que je lui connais. Cependant un vieux rictus d'aigreur s'entête à s'accrocher à la commissure droite de ses lèvres carmin.

Je croise Sophia, que je n'ai pas vue depuis une bonne décennie. Elle ne m'avait pas laissé un souvenir impérissable, bien qu'elle ait été la première fille que j'aie embrassée sur la bouche, pour cause d'affligeante newaverie et non par lesbianisme précoce. D'où je regarde, ça ne me paraît être qu'un détail insignifiant, mais à l'époque j'avais le sentiment de faire preuve d'une rare subversion.

— Tenez, c'est ma tournée ! dit Sophia en déposant deux bières devant nous. Ça te plaît ? me demande-t-elle en désignant le bar d'un mouvement de main circulaire. (J'acquiesce par un vague hochement de tête.) Le bar est à moi, je l'ai conçu de A à Z. Ça n'a pas été facile, je peux te le dire. J'ai dû beaucoup y réfléchir…

Le hasard aurait probablement laissé plus de chance au lieu.

— Ça ne m'étonne pas, je dis, c'est un beau travail, j'ajoute, en cherchant dans le regard de Zac un signe d'approbation qui ne vient pas.

— Bon, il faut que j'aille travailler. Je reviendrai vous voir, dit-elle en s'éloignant comme si elle avait réellement pensé que ça pouvait nous inquiéter.

— Qui c'est ? demande Zac.

— Une fille que j'ai connue y'a très longtemps.

— Elle est grosse, dit-il comme s'il me le reprochait.

— Et alors ? je dis. J'y suis pour rien !

— Je n'ai jamais dit que c'était de ta faute.

— Alors laisse tomber, tu veux.

Dire que cette fille mettait une tonne de mecs dans son lit, parfois plusieurs en même temps ! Le bruit que cette fille mettait une tonne de mecs dans son lit avait couru de manière fulgurante. Donc, tout mec à peu près potable savait que, en période de disette, il pouvait toujours avoir recours à l'entrecuisse de Sophia sans se fatiguer à la draguer ou à minauder stérilement. Et pourtant, à l'époque, elle était loin d'être aussi énorme. Simplement, elle ne demandait rien. Sophia était une folle du cul. Une espèce chanceuse et très peu courue de nymphomane épanouie. Et je l'admirais pour ça. Faut avouer que je ramais un max pour coincer un seul des jouets de sa panoplie.

Comme il faut bien que le passé serve à quelque chose, nous reprenons une bière sur le compte de Sophia. Je remarque un type qui semble regarder dans ma direction. Je me retourne afin de vérifier que ce regard s'adresse réellement à moi. Et, à ma grande surprise il n'y a personne d'autre dans les alentours.

— Tu as vu ? je fais à Zac en lui désignant ce mec à la beauté criarde qui me lance des signaux de sa libido en alerte.

Il est entouré de sa horde d'Américaines gueulardes et agitées, ce qui semble le faire périr d'ennui. Il est certainement américain, lui aussi. Il en a plus qu'exagérément le type. Lui aussi aimerait acquérir sa part d'Antiquité, son *French kiss*, avec aussi peu de conscience que s'il achetait un vase à Murano. Qu'est-ce qu'on ne ferait pas comme chemin pour prendre un peu de bouteille ! Je peux lui procurer sa part d'histoire si ça le chante. Je suis une fille vacante et lourde en non-événements.

— Pas mal, dit Zac, je me le ferais bien, il ajoute, trempant ses lèvres libidineuses dans l'écume de sa mousse.

— Alors là tu peux t'accrocher, tu n'as aucune chance, ce type n'est pas pédé.

— Tout mec qui n'est pas pédé a une chance de le devenir, rappelle-toi bien ça !

— Ça, c'est le genre de connerie qui fait fantasmer les pédés, mais je peux te dire que ça se vérifie rarement.

— Qu'est-ce que tu entends par là ? me demande Zac, légèrement menaçant.

— Pas plus que ce que je viens de dire, Zac...

— Arrête, je sais bien que tu veux me faire passer un message à propos d'Antoine. Je suis pas con. Avoue qu'il te plaît !

— T'es malade, Zac. On dirait que tu cherches vraiment à ce qu'on s'engueule !

— Je te vois venir avec tes gros sabots... Qu'est-ce que tu fais ? Tu l'appelles en cachette ? Tu lui écris des billets doux ? Qu'est-ce que tu mijotes, hein ? Ne me fais pas ce sale coup ! Je ne te le pardonnerai pas.

— T'aurais jamais dû me le présenter. Tu as vu dans quel état ça te met, tu es ridicule !

Je manque de repartie. Je voudrais pourtant faire un coup d'éclat. Me tirer ou lui régler son compte une bonne fois pour toutes. Je suis tellement douée d'ordinaire pour dégoiser des horreurs à la chaîne. Ma mère en sait quelque chose. Je pourrais par exemple lui dire que, entre deux pensées vivaces pour Antoine, il ferait mieux d'en avoir une pour son dentifrice. Mais je ne veux pas attaquer sur le physique. Le mien est trop incertain. Je pourrais lui reprocher son entêtement absurde à s'imposer entre des bras interdits, son penchant victimaire qui le rend pathétique.

Acculé par l'urgence d'un soulagement, sa petite humanité remonte à la surface. Les tripes sont à l'air et se soumettent à la putréfaction. Il m'est arrivé d'être comme lui, la civilité soufflée par cette vérité surgie de la merde. En cet instant, il ne sait pas à quel point nous sommes semblables. Il ouvre la bouche dans le but évident de m'envoyer une vacherie, mais l'arrivée du bel Américain met ses projets de démolition à l'eau.

— *Hi... Can I seat with you ?*

Le type se révèle encore plus beau de près. Zac l'examine d'un air méfiant, hésite un instant, puis se pousse pour le laisser s'asseoir à côté de lui. Il fait un peu Américain à la Hollywood chewing-gum. Bien-portant et bien-pensant avec son sourire ultra-bright.

Tout ce qu'habituellement je vomis. Mais, comme d'habitude, je n'ai pas vraiment le choix. Comme d'habitude, il me faudra contrarier ma nature un brin plus exigeante.

— *My name is Martin. I come from New York.*

Je peux d'ores et déjà me féliciter que Martin ne soit pas un gros buffle de l'Arkansas.

— *Nice to meet you,* je dis.

— Tu crois qu'il a de la coke ? me demande Zac.

— Pourquoi il aurait de la coke ? je dis, éberluée.

— Je sais pas. Parce que j'en ai envie, répond-il avec la mine figée.

— Je ne suis pas sûre que tu aies toutes tes capacités intellectuelles, ce soir... je me contente de murmurer.

Embarrassée par l'attitude hiératique de Zac, je m'efforce de sourire à Martin.

— *Nice to meet you,* je répète au paroxysme de la niaiserie. Cigarettes ? je demande en lui tendant mon paquet.

— *No, thanks,* répond-il. *Bad for health...* prend-il la peine de préciser.

Et là j'ai vraiment envie de me tirer. Notre échange s'interrompt après cette brillante considération sur les méfaits de la cigarette. Je me creuse la tête pour faire redémarrer la conversation, mais rien ne me vient. Je regarde Zac, qui arbore toujours son air de type pas commode. Je ferais bien un César de sa tronche.

— Alors, je dis en lui faisant du coude, je trouve que tu ne parles pas beaucoup pour un type qui lit le *NME* toutes les semaines ! À moins que tu te contentes de regarder les images, tu dois être parfaitement bilingue à l'heure qu'il est !

— J'ai rien à lui dire à ce type ! bougonne-t-il. Laisse-moi tranquille.

Rapidement rattrapé par l'ennui, Martin se met à pianoter joyeusement sur le comptoir dans la nette intention de nous faire rire. Et, subitement, je ne le trouve plus beau, mais vraiment stupide, et j'ai envie de le renvoyer là d'où il vient. Zac me lance une œillade moqueuse et, à travers elle, j'entends : « Regarde le genre de connard que tu attires, n'est-ce pas pitoyable ? »

Je regarde Zac bien droit dans les yeux et il entend : « En effet, ce type est un désastre, mais je n'ai pas le choix. »

L'autre s'arrête enfin de balader ses doigts sur le zinc et nous parvenons à sortir trois conneries sur la différence entre son pays et la France, vraiment le minimum vital.

Je n'ai plus envie de faire d'effort pour séduire le bel Américain parce que je sais déjà comment ça va finir. J'ai la vague sensation que Zac espère secrètement prendre part au déroulement des événements. Mais, en une seconde, son secret espoir est aboli par la main de Martin, qui se pose sur la mienne. Une seconde, c'est long. C'est vingt-quatre images de ce qu'il va louper avec ce décérébré profond.

Ce type me fait chier. Ça le dérange que j'approche Antoine. Ça le dérange que j'approche Martin. Jésus est probablement le seul garçon au monde que je pourrais approcher sans déranger Zac. Jésus et Moïse, le super-casting du couple judéo-chrétien. Dieu m'en garde !

Zac. On se quitte devant la porte du bar. Elle m'adresse un salut glacial. Je me tiens sous le néon bleu de l'enseigne qui clignote. Je la regarde s'éloigner à côté de ce type insipide. Et j'ai envie de la rattraper comme on rattrape une maîtresse qui nous abandonne pour un autre. Qu'est-ce qui m'arrive ? À croire que je veux posséder tout ce qui se dérobe. On ne peut pas être amoureux de deux personnes à la fois. A fortiori lorsqu'elles ne sont pas du même sexe. Deux personnes qui ne veulent rien de ce qu'on a à offrir, parce que leur vie s'apprête à se transformer en festin. Je pourrais devenir l'ami de la famille à qui on laisse les miettes. Je viendrais le dimanche et j'assisterais à ce bonheur sans faille en taisant mes amertumes. Je me demande si je ne suis pas en train de perdre la raison. Je me rassure en me disant que, depuis le début, cette soirée était bizarre et que demain tout sera rentré dans l'ordre. Dans mon désordre ordinaire, du moins. Je lève les yeux au ciel et supplie la lune d'être pleine, pour expliquer mes idées noires. Tout expliquer. Mais la lune est absente. Il va falloir me débrouiller tout seul.

J'achète une bière chez un épicier arabe. La radio crache un refrain des Stones, *You can't always get what you want*, qui résonne lugubrement dans ma tête. Pour moi, c'est *never*. Je m'enfile la bière d'un trait et j'ai subitement l'illusion que tout va mieux. Je prends la résolution de me battre pour moi-même. Mais j'en ai eu si peu envie jusqu'à présent que je ne sais pas comment m'y prendre. Pour l'instant, je me contente de marcher dans la nuit tourmentée en me délectant de cette nouvelle estime de soi. Et je prie pour que le jour ne vienne pas me remettre à ma place.

Moïse. *What's the story morning glory, yeahhhh… ?*

First : ce type écoute Toto. *Second* : ce type ne comprend rien au sexe. *Third* : j'ai honte d'avoir passé la nuit avec un Totoman qui ne sait pas baiser. *Conclusion* : le rêve américain est un mirage. Vide absolu.

I'm gone wake up wake up wake up yeahhhh !

Antoine. Nightmerdique. Me suis battu avec Flore. Lui ai cassé une dent fausse. Ai dû me farcir ses supplications haletantes, entrecoupées de sanglots.

Je t'aime… Tu es l'homme de ma vie… Le père de mes enfants…

Comble de tout. Cette fille désirait engendrer. Ai quand même réussi à articuler un :

— Non, désolé. Je déteste les enfants.

Ses faux ongles se sont enfoncés dans le creux de ma joue et, ce matin, j'en porte les traces hideuses.

Zac. Cette nuit, à Coco. D'abord avec Roger, toujours accompagné de ses tongs ignobles. Puis avec un type qui ressemblait à Ian Curtis… Avant son suicide.

Moïse. Quand je suis rentrée ce matin, ma mère m'a fait une scène à propos du fait que j'étais rentrée ce matin seulement. On était dans la cuisine. Madame Citti, la femme de ménage, était également présente. Comme d'ordinaire, du reste. Pour que cette femme déserte cette maison, il faudrait qu'elle se sente réellement accablée, genre Frédéric François s'éteint d'une rupture d'anévrisme foudroyante, ou plus simplement qu'elle prenne sa retraite. Aucun de ces deux événements tant espérés par moi n'est envisageable dans les prochains jours. Encore qu'avec l'anévrisme…

— Où étais-tu ? a demandé ma mère d'un ton sec.

— En boîte, j'ai dit, en observant madame Citti.

Accroupie, son minuscule buste était à moitié plongé dans le réfrigérateur qu'elle était en train de nettoyer.

— *Oh ! oh ! oh ! oh ! Je t'aime à l'italienne… Oh ! oh ! oh ! oh ! je t'aime à l'italienne !* a-t-elle commencé à chanter d'une voix légère et désinvolte.

L'air de rien, cette fourbe de madame Citti se préparait à s'en foutre plein les oreilles sur mon compte.

— En boîte jusqu'à onze heures du matin ? a repris ma mère, suspicieuse.

— Ouais, une *after*…

— Qu'est-ce que c'est que ça ? a-t-elle demandé, perplexe.

— C'est un moment qu'on prolonge quand c'est déjà trop tard…

— Oui ben, *after* ou pas *after*, il faudrait que tu penses à faire quelque chose de ta vie !

— Je fais quelque chose de ma vie, j'ai dit en me versant un café.

Madame Citti continuait de chantonner, faussement détachée de ce qui pouvait se dire tout à côté. Pendant un bref instant, j'ai réellement éprouvé l'envie de lui foutre un bon coup de pied dans son cul de mélomane et de la faire hiberner *in the fridge* pour l'éternité.

— Ah oui ? Et c'est quoi ? Ça fait belle lurette que tu n'as pas mis les pieds à la fac ! Tu comptes rester combien d'années en première année ? Tu le regretteras plus tard, lorsque tu seras plus vieille !

— Je n'ai pas l'intention d'être vieille.

— Ça veut dire quoi, je n'ai pas l'intention d'être vieille ? Je n'en peux plus d'écouter ces bêtises. Tu n'as plus quinze ans. C'est quoi ton problème, je ne te comprends pas ?

— C'est ça… j'ai dit en regardant autour de moi. C'est ce que tu vois.

— Ben, c'est pas joyeux, a-t-elle lâché sur un ton affligé. Qu'est-ce qu'on a fait ou du moins qu'est-ce qu'on n'a pas fait pour que tu sois comme ça, hein ?

— Rien. Vous n'avez rien fait.

— Alors c'est ce chanteur à moitié déprimé que tu écoutes depuis que tu as treize ans qui t'as rendue comme ça, ton Mo… ché pas quoi !

— Morrissey !

— Oui, Morrissey, ce dépressif ! Il t'a mis ces sales idées dans la tête, comme quoi la vie ne valait pas la peine d'être vécue. Rappelle-toi cette tentative de suicide que tu avais faite, tu l'avais écouté toute la journée en absorbant cette boîte de médicaments ! Ses disques devraient être interdits aux jeunes ! s'est-elle mise à crier avec un sanglot dans la gorge.

— Une tentative de suicide aux Aspro, c'est une humiliation. Je t'interdis d'en parler !

Madame Citti n'a pu réprimer un rire bref et cinglant. Ma mère l'a fusillée d'un regard glacial. Elle s'est excusée d'un geste de la main avant de se détourner.

— Il n'avait qu'à se suicider, lui, au lieu d'embêter tout le monde avec son désespoir !

— Morrissey n'a rien à voir dans tout ça, lâche-lui un peu la grappe.

— Non, vraiment Moïse, qu'est-ce que tu as l'intention de faire ? m'a-t-elle demandé en tâchant de ne pas perdre totalement son sang-froid.

J'ai réfléchi un instant à ma réponse afin de ne pas égratigner sa corde sensible.

— Je ne sais vraiment pas. Pour l'instant, j'essaye d'être digne.

— C'est un métier, être digne ? Qu'est-ce que ça veut dire, être digne ? a-t-elle hurlé en levant les yeux au ciel.

Pour la corde sensible, c'était raté.

— Ça veut dire ne pas avoir à rougir de soi ! j'ai surenchéri.

— Et alors ?

— Et alors c'est difficile.

— Être digne n'a jamais nourri personne, sache-le ! Si ça continue, je te coupe les vivres pour te forcer à te mettre au boulot !

— Qu'est-ce que j'en ai à foutre ! j'ai conclu, avant d'aller dans ma chambre, sachant qu'elle ne me suivrait pas jusque-là.

— Tu as eu la vie trop belle. Vraiment, je ne te comprends pas ! a-t-elle crié à travers la porte.

— Contente-toi de m'aimer, ça suffira, j'ai murmuré, la gorge serrée.

— Tu réagis comme une petite fille !

Sa voix et le grincement de ses pas sur le parquet étaient de plus en plus lointains. Ça m'a soulagée.

J'ai appelé Antoine sous le prétexte d'une invitation à nager avec moi, sans que j'aie la moindre intention d'y aller. Je voulais juste entendre sa voix. Zac avait raison de me surveiller.

— Non. Vraiment, je ne me sens pas. J'ai eu une nuit très agitée… Et toi, qu'est-ce que tu as fait ?

— Je suis allée boire un verre avec Zac. Rien de spécial, j'ai répondu, me revoyant avec Martin dans cette chambre d'hôtel. Vraiment rien de spécial… Bon, on se voit tout à l'heure ?

— OK, a-t-il dit. Eh ?…

— Oui ?

— Je suis heureux que tu m'aies appelé. Recommence très vite…

J'ai raccroché et versé quelques larmes, histoire d'épurer l'atmosphère. Combien de fois avais-je eu cette altercation avec ma mère ? Je me suis couchée avec l'impression d'avoir une vie en kit, inutilisable. J'étais incapable d'en assembler les morceaux malgré la notice et les quelques personnes qui désiraient m'aider. Ce que je voulais vraiment, c'était aller à l'épure, me dégager de toutes contraintes, me laisser vivre, écouter de la musique, aimer quelqu'un. Je ne souhaitais rien de plus. Mon travail serait celui-ci, méprisé de la plupart, car il ne serait rentable que pour moi-même. Pour le monde, je serais une ratée. Et pour moi, que serais-je donc ? Qui voudrait d'une fille comme moi ? Pourtant je m'étais toujours dit qu'il fallait choisir sa voix/voie très tôt dans la vie. Après, c'est fini. On est lancé dans la folle mécanique sociale. Au bout d'un temps, on regrette, alors on souhaite faire machine arrière, mais très vite on réalise qu'il est trop tard, qu'on est trop vieux, alors on reprend son chemin en se disant qu'on est passé à côté, que le courage nous a manqué. Et puis tout ce temps nous a permis d'acquérir, en biens et en responsabilités, et on ne peut plus lâcher prise, car trop de gens comptent sur nous. Alors on se plie, mais on est bien brisé à l'intérieur. Et on attend le bout du chemin, tout au long duquel on n'a cessé de se fourvoyer. Une première pelletée de terre sur un cercueil rutilant et déjà des tiers se disputent nos biens et nos responsabilités. Mais que reste-t-il de nous ? Un mauvais choix se paie toute la vie. Quand on est mort, c'est fini.

Zac. Je suis seul au Paradis. Je regarde les gens passer. Les gens passent, repassent, trépassent. Ils consomment dans les boutiques de luxe, car ils se sentent infiniment privilégiés dans cet immense supermarché qu'est la vie. Je salue deux-trois têtes. L'une d'elles me fait la défaveur de s'arrêter. C'est Christian, surnommé III Informaticien, Infréquentable, Imbaisable. III est très en phase avec le sordide. On peut même dire que le sordide constitue une donnée qu'il explore à fond. Il s'approche de moi et me tend une main raide d'automate. Tout son corps semble raidi par l'insuccès, sauf sa bite, qui fonctionne à l'inverse.

— Bonjour Zac, ça va ? me demande-t-il, de façon très raide.

— Ouais, et toi ? je réponds, la tête penchée sur le *NME*.

— Ouais, tu as vu le Mizoguchi à la télé, hier ?

Il attend une réponse avec impatience, car il a beaucoup d'admiration pour moi, dans la mesure où il sait que j'ai travaillé comme critique aux *Cahiers du Cinéma*. Son admiration se borne uniquement à cet épisode presque heureux de mon existence. La réponse qu'il attend se doit de s'en montrer digne.

— J'adore ! je me contente de dire.

Il semble déçu par la platitude de ce commentaire. Il y a donc peut-être une chance qu'il s'en aille. Mais il fait exactement le contraire. Monsieur s'assoit et prend ses aises, comme s'il avait l'intention de passer la soirée avec moi, entre vieux rats de cinémathèque. Bon sang, moi qui me disais que la vie était chiante, je n'avais pas pensé à III et à ses vannes impayables !

— Et le clip de *Being Boring* des Pet Shop ? Ce Bruce Weber, quel talent !

Sans attendre que je lui livre mes impressions, il se met à disserter sur le nouvel album du groupe. Très vite, je décroche. Mon cœur se serre d'un regret. Je pense à cette époque où je croyais mes rêves de cinéma à ma portée. J'ai tout risqué pour ça. Enfin, le peu que j'avais : un boulot que j'aimais bien. Je pensais pouvoir agir plutôt que regarder. J'étais persuadé d'avoir quelques trucs dans le ventre, quelques trucs à dire sur ma solitude, mon homosexualité et tout le reste. Je pensais qu'être malheureux servait au moins à ça. En fait, ça sert à rien. C'est juste une lente entreprise de démolition. Mon cœur se serre parce que je songe à l'ancien Zac. Le genre de mec capable d'écrabouiller ses doutes d'un seul revers de pensée.

Une vingtaine de scénarios non achevés plus tard, tous ridicules, émotionnellement obscènes, voilà, l'homme est démuni, le cynisme a relayé sa jeunesse et la foi qu'il portait en lui. Ce n'est pourtant pas ça qu'il désirait. Le nouveau Zac n'obtient jamais ce qu'il veut. Et l'ancien Zac se mentait.

Moïse et Antoine finissent par faire irruption. Probablement agacé par mon mutisme, III s'est évaporé sans que je m'en aperçoive. Avec Moïse, on évite d'évoquer la soirée de la veille. On fait comme si les mots n'avaient pas été prononcés. Je fais juste allusion à Martin. Je la félicite d'avoir couché avec le mec le plus idiot du cosmos, toutes planètes confondues. Je me mets à rire. Pas elle. Antoine l'interroge du regard, genre « qui est cette enflure de Martin ? ». Mais il se reprend rapidement.

On noie l'incident « enflure de Martin » dans nos verres de bière. Ensuite on tombe d'accord sur le fait qu'il n'est pas question de se soûler après nos nuits respectives. Antoine en porte les cruels stigmates sur sa joue. Ça lui va bien. Ces marques de passion rendent sa beauté plus accessible. J'espère que ce soir il consentira à venir chez moi. Même si, sur l'instant, je ne le sens pas très pour. Il semble de plus en plus proche de Moïse, mais, à cette minute, je préfère me voiler la face. Il a découvert qu'elle avait le rire facile. Il se contente de lui imiter les New Kids on The Block et elle se contente de rire. Ils se contentent mutuellement, et moi je me sens de plus en plus seul.

À la fin de l'apéro, j'insiste pour le raccompagner jusqu'au bas de son immeuble. Sur le chemin, j'explore les mille et une manières de lui demander de se pointer cette nuit chez moi sans avoir l'air de le supplier. Je suis loin d'avoir terminé d'explorer quoi que ce soit lorsque je m'entends dire que l'objet de mon désir ne viendra pas, car il a besoin de repos. Je pense immédiatement à la sublime complainte de Salvatore Adamo : « Tu ne viendras pas ce soir », ce qui me fait sentir encore plus merdique que je ne le suis en réalité.

Afin de ne pas perdre toute dignité, je feins d'accueillir cette affreuse nouvelle de façon très décontractée. À cet effet, je parviens à baragouiner un « Pff... Bheu... Hum », accompagné d'un sourire lugubre. Antoine paraît se satisfaire de ma légèreté bancale.

Sur le chemin du retour, je déroule au ralenti le film de ma future longue nuit d'errance dans les allées boisées de Coco Beach.

Antoine. Qui est cette enflure de Martin ? Je tombe amoureux. Envie de l'appeler. Besoin de la voir. Signes infaillibles que je tombe éperdument amoureux d'elle sans pour autant vraiment la connaître.

Je me précipite sur mon petit carnet. En haut d'une page vierge, je titre : Tout ce que je sais d'elle.

— Fille.

— 22 ans.

— Aime les Smiths et la pop music.

— Aime Zac.

— Aime l'alcool.

— Longues jambes.

— Gros seins.

— Gros ventre.

Je me dis que tout ça justifie amplement mon engouement pour elle et je me décide à composer son numéro, en essayant d'étouffer le trac absurde qui m'étreint.

— C'est Antoine…

— Antoine, je peux pas te parler, murmure-t-elle, Gaspard est chez moi, il menace de tout casser, moi y compris.

— Qu'est-ce qu'il est rock'n'roll, c'est l'horreur ! je lance faussement badin, tu veux que je vienne ?

— Non, pas la peine, il va se calmer tout seul, je le connais.

À peine ai-je raccroché que mon esprit est assailli par un tas d'images hideuses de couples se déchirant comme des chiffonniers à propos de tout et surtout de n'importe quoi. Sur l'instant, je réalise pourquoi je hais tant cette notion de deux personnes qui partagent tout, surtout la moisissure. Je trouve encore ridicule que l'idée d'intervenir m'ait seulement effleuré. Je suis déçu. J'avais imaginé tout un tas de choses pour elle et moi. Des choses qui m'ont moi-même surpris, tant je n'ai jamais rien imaginé pour personne, tant les histoires m'ont toujours semblé viciées à la base. Je me suis lancé dans ces histoires sans une once de foi, en m'astreignant à les vivre avec toujours à l'esprit l'assurance d'apercevoir très vite le panneau « Voie sans issue ». Et que Moïse ne m'évoque pas un cul-de-sac me donne envie d'y croire et de tout tenter. Mais voilà que le hasard ne s'accorde pas à mes désirs. Je hais le hasard. Je n'ai cessé d'enchaîner quiproquos sur quiproquos avec lui.

Du coup, je ne sais pas quoi faire de ma soirée. Je me rabats sur Zac, mais sa mère me dit qu'il est allé voir une copine. Sa copine, je la connais, elle s'appelle Coco, Coco Beach. J'épargne ce détail à sa mère.

Cette chaleur infernale annonce la venue de ma plus fidèle compagne, l'angoisse. Je me presse dehors avant qu'elle ne m'ait suffisamment paralysé pour que je ne puisse plus bouger.

J'arpente les rues du Vieux-Nice. L'été, cette ville m'apparaît comme un labyrinthe oppressant. Je ne sais jamais où aller. Plusieurs fois, il m'est arrivé de m'y perdre. Nice récupère son âme en hiver. À cette période de l'année, elle devient un véritable vivier de connards en tous genres, assoiffés de pittoresque. Je déteste le pittoresque. Rien n'est plus uniforme que le pittoresque. J'évite le cours Saleya, le supportable a ses limites, et m'engage dans la rue de la Préfecture, bordée de terrasses de cafés bruyantes. J'aperçois Flore installée à l'une d'entre elles, entourée de sa cour de snobinards. Il est trop tard pour rebrousser chemin. Je passe devant eux. Elle m'a repéré et se penche sur son voisin de table, auquel elle glisse une raillerie à l'oreille. Tous me fixent simultanément tandis que je poursuis mon chemin. J'ai déjà parcouru une bonne dizaine de mètres lorsque je reconnais la voix de Flore qui me crie : « Impuissant ! » J'accélère. Je m'évapore. Je disparais. J'oublie cette apostrophe très attendue d'une fille dans son genre.

Zac. Antoine m'a rejoint à Coco, où nous avons passé la nuit à discuter en écoulant le stock de bières qu'il avait apportées. Roger, qui entre-temps s'était tapé l'incruste, nous a proposé d'aller dans sa voiture. En apercevant l'autocollant *NRJ* à l'arrière de la voiture, Antoine a formellement refusé. Il a une dignité.

J'ai une dignité. Enfin je crois. Donc on a refusé d'apparaître dans cet immonde tas de ferraille. On pensait que, du coup, Roger consentirait à nous lâcher la grappe. Mais tout dans ce monde n'est que vaine illusion. Roger est resté jusqu'au bout. Avec une coupure d'une demi-heure, durant laquelle un mec avait bien voulu se sacrifier pour aller le sodomiser dans un fourré. L'acte ne s'avérait pas totalement gratuit, puisque le mec était atteint de cécité totale. Non seulement la gueule de nœud de Roger, il n'en avait rien à cirer dans la mesure où il pouvait imaginer n'importe qui à la place, mais en plus, en tant qu'aveugle, il ne pouvait pas se permettre de demander la lune. Il faut toujours avoir les moyens de ses ambitions, j'en sais quelque chose, moi qui agis systématiquement de façon inverse.

Roger est revenu de sa cavalcade bucalo-bucolonocturne, fier comme Artaban. Un autre se la serait jouée nettement plus humble. Mais pas lui. Pas Roger. Il n'y avait pourtant pas matière à trop se vanter, car je ne sais pas comment il s'était débrouillé, mais, durant ce coït mythique, il avait salement amoché son bermuda blanc. Antoine et moi nous sommes vite pincé le nez pour faire barrage aux effluves de merde qui nous avaient foudroyé les naseaux. La mine vaniteuse de Roger se muait peu à peu en une grimace douloureuse. L'être le moins perspicace de la terre aurait senti que quelque chose clochait. J'ai tourné autour de ce petit corps mal fait et ai aperçu la cause de cette odeur très présente. Pendant sa joyeuse enculade, Roger avait essuyé la gigantesque merde d'un chien probablement tout aussi gigantesque. Antoine et moi sommes partis d'un fou rire défoulatoire, très peu approprié à la banalité de l'événement. Mais nous avions envie de nous montrer cruels. Nous avions envie d'humilier Roger autant qu'il nous était permis de le faire. Nos moqueries fielleuses fusaient dans l'air comme un feu d'artifice de notre propre dépit. Nous étions malheureux, et Roger méritait notre méchanceté. La grotesque victime expiatoire s'est enfuie dans l'obscurité de sa nuit sombre. Roger est descendu en contrebas laver son bermuda dans la mer. Cet enfoiré de Roger est un sacré pollueur !

Malgré nos exhortations tyranniques à rester loin de nous, il s'est repointé, vêtu de son bermuda trempé. La tache marron demeurait là, mais l'odeur s'était évaporée dans la brise marine. Au fond, ce bermuda rendait une image véritable de Roger. Au départ, Roger revêtait, comme tout homme, un bermuda blanc, souillé progressivement par de mauvais choix.

Nous lui avons conseillé de rentrer chez lui. Il n'avait plus aucune chance de rebaiser un coup, même avec un aveugle. De toute façon, il y avait peu de chances que deux aveugles se pointent à Coco le même soir. Il n'était pas question pour lui de remonter dans sa Renault 5 avant que son bermuda ait séché. Non, il n'avait pas l'intention de souiller sa belle voiture. Il préférait souiller la nature, cet enculé !

Nous devions nous rendre à la morbide réalité, on se le supporterait jusqu'au bout de la nuit. Mais finalement Roger se montrait si irritant qu'il en devenait drôle. Ce soir, j'accueillais mieux son personnage parce qu'Antoine était présent et que cette simple donnée suffisait à me rendre provisoirement joyeux. Le fait d'avoir une cible commune étayait notre intimité. C'était fascinant de constater l'absence d'une trace de dérision chez cet être si mal pourvu en qualités. Déroutant de voir à quel point cet homme dénué de grâce prenait la vie, la sienne en particulier, très au sérieux. Antoine était fasciné par sa grandiloquence baroque. C'était pour lui comme une étude anthropologique.

C'est ainsi qu'au petit matin il a accepté, en dépit du logo *NRJ,* que Roger nous raccompagne. J'avais espéré marcher seul avec Antoine le long de la plage. Il préférait ses recherches à mon romantisme un brin nunuche.

Un air résonnait dans ma tête : « *Tout au long de la nuit, tu m'as emmené sur les rivages incertains de l'ennui. Nous sommes partis en voyage, en voyage. On pourrait aller voir la mer, Venise en hiver, ou les palmiers, sur la promenade des Anglais...* »

J'étais moi-même surpris d'avoir de telles idées et je réalisais qu'être amoureux d'Antoine ne me tirait pas vers le haut. Avant qu'on ne monte dans la voiture, je lui ai proposé cette promenade au lever du jour. Il a refusé avec l'indifférence de quelqu'un qui ne m'aimait pas.

Et là, avant de m'engouffrer à mon tour dans cet engin honteux, j'ai jeté un dernier regard vers la mer d'huile qui s'étendait devant moi, et je me suis senti mièvre, mais profondément vivant.

« *... Non, tu vois, je n'ai plus sommeil... Non, plus sommeil... On pourrait partir tous les deux... En voyage...* »

Moïse. Gaspard a débarqué chez moi à l'improviste. J'étais en train de visionner en enfilade cinq épisodes des *Feux de l'amour* que j'avais demandé à ma mère d'enregistrer. Tout le monde avait levé le camp. Ce qui était assez rare et même plutôt suspect, pour une maison qui comprenait sept habitants permanents et quelques autres crétins intérimaires, dont madame Citti, en bonne voie de devenir l'heureuse huitième permanente. Donc, en cette soirée miraculeuse et bénie, où tout ici n'était qu'ordre et beauté, luxe, calme et volupté, je me sentais libre pour une délectation intime de mon feuilleton préféré. Mais voilà...

La scène se déroule ainsi : je le laisse entrer, mais je continue de regarder les *Feux de l'amour*. Je n'entends pas grand-chose de ce qui se dit parce qu'il n'arrête pas de crier. Et le fait que je ne l'écoute pas l'irrite encore plus. Alors que je fixe l'écran télé, j'entends des paroles très peu élogieuses sur mon compte, genre « salope ! Pouffiasse ! Ton cœur est froid comme de la glace ! ». S'il se met à donner dans la métaphore, ça va être terrible. « T'es un vrai garage à bites ! » Qu'est-ce que je disais...

Je prends le parti d'ignorer tous ces jugements arbitraires, qui ne me correspondent que très partiellement. Je suis simplement soulagée, car Paul prend April dans ses bras et tous les spectateurs du procès éclatent en sanglots de joie, je devine que c'est de joie parce qu'ils pleurent en souriant niaisement, ce qui est rare en cas de tristesse, bien que cela puisse se produire. Alors je conclus aussitôt qu'elle a dû être acquittée. J'ai à peine le temps de me dire que c'est vachement beau que ça se finisse de cette manière, qu'enfin Paul va pouvoir dire à Heather qu'il est son véritable père (enfin là je m'excite un peu, car il faudra encore une bonne centaine d'épisodes avant qu'il crache sa Valda. Le temps est extrêmement dilaté à Hollywood), que Gaspard bondit sur moi et me serre la gorge très fort pour essayer de m'étrangler.

Je m'abandonne à sa tendance mélodramatique très surfaite. Pourtant, je pressens une douleur qui, elle, n'a rien de surfaite monter en moi. Gaspard semble de plus en plus énervé, au point que l'idée m'effleure qu'il veut peut-être réellement me tuer, dans la mesure où il n'a rien à perdre et que ce geste lui conférerait une position. Assassin, c'est mieux que rien. Comme je refuse qu'il gagne du galon à mes dépens, je commence à m'agiter frénétiquement (genre danseuse techno sous acide), sans parvenir à me persuader que ce que je suis en train de vivre est bien réel. Je fais tinter ma glotte et je pénètre dans le tragique. Si ma vie est un soap, il faut que je me donne à fond. J'articule très pathétiquement :

— Non. Ne fais pas ça ! Je vais tout t'expliquer. Je t'aime, mais entre nous la vie n'est pas possible.

J'ajoute sans conviction :

— C'est pour toi que je te quitte.

Dans sa tête à lui, « c'est pour toi que je te quitte » résonne comme une formule magique. Il desserre aussitôt l'étreinte de ses doigts autour de mon cou. Quelques minutes suffisent à le calmer. Gaspard en arrive même à acquiescer à tout ce que je dis. Il ne peut que se montrer d'accord, car j'avoue sans détours que je suis responsable de cet échec, que je suis une garce sans cœur, une espèce de glaçon qui ne fond jamais (histoire d'occuper son champ métaphorique). Il se sent obligé de ne pas me contredire, car je reprends exactement ses paroles, je prends même la peine d'en rajouter. Une riposte de sa part aurait constitué la preuve éclatante de sa mauvaise foi. Au terme de ma brillante exégèse, il se lève et affiche un sourire serein, que j'interprète comme une marque de gratitude. D'un bref signe de tête, comme victime d'un tic nerveux, il m'indique la sortie. C'est avec un plaisir non feint que je projette de le raccompagner à la porte et de reprendre ma projection entre moi de *Febre di amore*. C'est avec un plaisir non feint qu'il se laisse raccompagner à la porte. Il est déjà sur le palier, et mon cœur fait ouf ! ouf ! ouf ! (et pas *Bang ! Bang ! Bang !* comme un certain Pete Burns), lorsqu'il se retourne vers moi avec le même large sourire serein et qu'il me dit d'une façon très raide, un peu à la III :

— Tu n'es qu'une vulgaire connasse, tu ne sais pas à quel point je suis soulagé d'être débarrassé de toi.

Je referme la porte tandis qu'il dévale déjà les escaliers. Je ne sais pas si c'est « vulgaire » ou « connasse » qui m'énerve le plus, mais je vérifierai une autre fois si Paul révèle à Heather qu'il est son père. Pour l'instant, je préfère aller me coucher pour oublier. Tout oublier. Je passe une très mauvaise nuit.

Zac. Il n'est même pas midi et ce crétin de Julien m'a déjà réveillé en me balançant un verre d'eau en pleine gueule. Il a mis Moby à fond. Dans tout l'appartement ça hurle *I feeeeel so reeeal*. Je suis allé m'essuyer le visage dans la salle de bain. Sur la glace, au-dessus du lavabo, il avait écrit « Enculés ! » en gros, avec le rouge à lèvres de ma mère. J'ai supposé que ce mot doux s'adressait à nous, la pauvre famille qui devait le compter dans ses rangs. Julien devient vraiment taré. Il existait un moyen de s'arranger lorsqu'il parlait encore. Mais, depuis peu, il a choisi de tomber dans un mutisme quasi total dont il ne sort que pour nous demander l'heure qu'il est. En période de crise, il peut le faire cent fois en une heure, soit 0,6 fois par minute. Ce qui ne laisse guère de répit pour penser à autre chose. Je n'en peux plus. J'ai envie de me barrer de cette annexe d'asile. Finalement, je choisis d'aller pisser. Julien ouvre la porte et regarde avec une étrange fixité la quenelle fanée qui me sert habituellement d'organe sexuel. On dirait un entomologiste observant la bite d'un papillon. Je claque la porte des toilettes sur sa tronche de connard en m'assurant bien que cette fois je l'ai fermée à clef. Julien tambourine comme un dératé contre la porte. J'essaie de conserver mon calme, de faire abstraction de sa présence, de son bruit de demeuré. Mais seul un être qui n'a pas de conscience pourrait parvenir à l'oublier. Alors, lorsque je sors des chiottes et que je fais face à sa gueule de merlan frit pas frais, mon cœur me dicte de l'assommer et je me mets à le frapper violemment. Il ne se défend pas, car au fond c'est précisément le genre de réaction qu'il cherche. Mes coups constituent son seul contact avec le monde. Un jour, j'arrêterai de le frapper et, là, tout deviendra insupportable pour lui. Julien se suicidera pour de bon. Mes parents refusent de le faire interner. Bientôt ce sera moi qu'il faudra envoyer à l'asile. Si j'avais du fric je me tirerais d'ici.

Au fond, c'est à ça que ça sert, le fric. Le fric, ça sert à parfumer la merde.

Antoine. Je suis assis à la terrasse d'un des petits troquets de la place Rossetti, une place à l'italienne, avec son église baroque, son marchand de glaces, ses gargotes, et quelques rares gueules de vieux métèques, le visage buriné par une vie au soleil, noyés parmi des escouades de Teutons rougeauds qui sillonnent le Sud d'un pas condescendant. J'avale mon expresso. J'essaie de prendre quelques notes, mais rien ne me vient. Ce n'est pas l'inspiration qui manque, plutôt la peur trop présente, la peur d'être incapable de supporter ce que je pourrais dire. Et puis la peur aussi de trucider les autres, ceux qui comptent et ceux qui ne comptent pas. Et je sais que, si je commence, les choses seront irrémédiables. Ce sera la guerre sans répit. Les assassinats sans scrupule. Je creuserai un charnier où j'entasserai les cadavres de mes fantômes. Et après, forcément, le procès. Pour crime contre l'humanité. Je recule. Je recule. Mais je sens que viendra ce moment où l'urgence pour moi sera de m'écouter parler, d'utiliser les gens que j'ai aimés, haïs, survolés, comme une arme, et de la retourner contre eux et contre moi. Je ne sais pas si je voulais en arriver là. Tout semble m'y avoir poussé. Trop beau, trop brillant, trop pur. Ils ne l'ont pas supporté. Personne ne l'a supporté. Ni mes parents, ni moi. Ils m'ont fait payer, chacun à leur façon, tous ces cadeaux qu'ils n'avaient pas, des cadeaux qu'ils regrettent dans leur plus intime détresse. Et pourtant j'étais gentil, je donnais le change en étant très gentil, très très gentil, mais ça n'a pas suffi à leur faire oublier la douleur qu'ils éprouvaient en me regardant simplement. J'ai compris trop tard, déjà bousillé par les humiliations qu'ils m'avaient fait subir, que rien ne pourrait donner le change à cette douleur. Et, très vite, je m'en suis voulu d'être si bien pourvu et si malheureux. Et j'ai voulu me sauver en court-circuitant ce destin que tout ce petit monde avait envisagé pour moi et pour lequel il me haïssait si fort. Je suis devenu le parasite de moi-même.

Mais j'ai découvert que ça ne changeait rien. Ils ont toujours la même vision de moi. Et ça les dégoûte encore plus que je me piétine ainsi. Parce qu'ils se disent qu'eux, avec les mêmes atouts, ils auraient agi autrement, ils seraient les rois du monde.

Moïse.

— Julien a encore essayé de se tuer !

— Et alors ?

— Il a encore loupé !

— Nous agonisons de son agonie.

— J'en peux plus ! En plus ma mère dit que c'est parce que je l'ai frappé qu'il a voulu se suicider.

— Les mères sont des aveugles. Elles cherchent toujours des boucs émissaires pour justifier la profonde connerie de leur progéniture.

— Je suis aussi son fils ! C'est pas parce que je ne fais pas une tentative de suicide comme je vais pisser que je suis forcément dépourvu de sensibilité.

— J'ai toujours pensé que ton frère était un crétin !

— Merci ! Tu m'aides beaucoup !

— Il a dû perdre son *Good Life* d'Inner City, je finis par dire avant de raccrocher.

Le cas de Julien ne m'a jamais franchement intéressée, mais, depuis qu'il a trouvé fameuse l'idée de fourrer mon lecteur de lasers portable dans son congélo pourri, autant dire que je le considère comme un homme mort.

Comme prévu, je sors pour aller voir Nathalie dans son salon de coiffure situé dans un quartier excentré de la ville. Je marche sur le boulevard Jean-Jaurès, où je ne parviens pas à trouver un centimètre d'une ombre salutaire. À chaque pas que je fais, le soleil m'assomme un peu plus. Les gens ont déserté les rues pour s'abriter dans la fraîcheur moite de leur appartement, à l'abri des persiennes écaillées. Ce désert urbain plonge Nice dans une sorte d'irréalité qui me donne une vague sensation de liberté, comme si la ville n'appartenait qu'à moi, mais qu'en même temps c'était un lieu fictif, le centre de nulle part.

Après mûre réflexion, je me résous à porter les lunettes que ma mère m'a ramenées de L.A., malgré l'horrible sentiment de honte qui envahit mon corps braisé, à cause des deux boutons dorés incrustés sur les branches. Avec ces lunettes Côte ouest sur le nez, je me fonds dans le décor, je fais pétasse niçoise. Et moi je le sais parce que j'y suis née : la pétasse niçoise est loin d'être un mythe.

— J'ai un plan pour ce soir. Karine la lobotomisée fête ses trente ans dans une boîte échangiste, me lance Nathalie en ôtant avec une facilité déconcertante des bigoudis de la tête d'une vieille nantie du Mont-Boron.

— C'est nouveau, l'échangisme, dans la vie de Karine, ou elle nous l'avait caché ? je demande.

La vieille ravale sa salive et esquive mon regard comme si j'étais le diable.

— Non, c'est tout nouveau. Elle m'a dit qu'elle adorait ça. Elle enchaîne orgasme sur orgasme !

Puis elle demande à sa cliente : Ça va, madame Poisson, je ne vous fais pas mal ?

Mrs Fish est incapable de sortir un son tant elle est outrée. Elle est à la limite de vouloir se tirer avec les bigoudis sur la tête.

— Je crois que sa nouvelle posture d'échangiste constitue dans cette vie sa seule chance de capter notre attention. Il faut saisir cette opportunité. Nous l'avons bien méritée. Ça fait dix ans qu'on se la supporte pour rien. Gratos ! Par pure humanité !

— Bon, allez, sauve-toi, j'ai du boulot ! On se voit ce soir.

Elle attend que je me sois éloignée pour me crier :

— Et enlève donc ces lunettes... Tu fais trop grosse pétasse niçoise avec !

— Ça vient dézétazuni, je lance comme si cela pouvait plaider en ma faveur.

— Ça change pas grand-chose ! finit-elle par conclure.

Je m'arrête boire un verre de vin blanc frais à la terrasse du Café de Turin. J'aperçois Antoine en train de lire devant un verre, à deux tables de là. Je me lève pour m'installer près de lui. Il relève la tête.

— Ah, qu'est-ce que tu fais là ? C'est quoi ces lunettes ?

Un élan de tendresse me pousse à l'embrasser, ce qui semble le surprendre aussi. D'ordinaire, Zac, lui et moi nous passons de ce genre de civilités.

— J'avais envie de boire un verre, il fait si chaud aujourd'hui.

— Qu'est-ce que tu veux ? Assieds-toi plus près.

— Pareil que toi.

Je lui raconte pour ce crétin de Julien, dont la mort imminente est quotidienne.

— Tu veux me faire une faveur ?

— Oui, quoi ?

— Tu veux pas enlever tes lunettes, tout ce doré m'aveugle, lance-t-il en riant.

C'est la première fois que je le vois rire aussi simplement. D'habitude ses, rires évoquent toujours autre chose que le simple amusement, ils sont ironiques, cyniques, tristes, graves, mécaniques, vides.

— Je sais, je fais grosse pétasse niçoise, on me l'a déjà dit !

— Qui s'est permis de te traiter de grosse pétasse niçoise ? Je me serais contenté de pétasse…

— Je revendique cette appellation d'origine incontrôlée ! je dis en lui offrant mon verre pour trinquer, je ne suis pas comme toi, moi. J'ai besoin d'artifices.

— Pourquoi tu dis ça ? demande-t-il en arrêtant sur moi un regard puissant qui me déstabilise.

— … Parce que toi… (Je sens que je vais bafouiller et dire des conneries, c'est atroce.) Parce que toi, je reprends, tu as tout.

— Qu'est-ce que tu en sais ? !

— Déjà… Tu as une Alfa Romeo ! je lance nerveusement. (Il ne dit rien et continue de me fixer lourdement. Et, subitement, je ne sais plus quoi lire dans son regard.) Tu es beau et tu n'as pas l'air trop con non plus, voilà, c'est ça que je voulais dire, j'ajoute en baissant les yeux.

— Et alors ? demande-t-il calmement, en rabattant d'une main tendre un pan de cheveux derrière mon oreille.

— Je ne sais pas, j'avoue sans oser le regarder. (Ce simple geste me fait vaciller et je ne suis pas loin de tomber de ma chaise.) Je suppose que c'est un bon début dans la vie… Je ne peux que supposer.

— Et si je te retournais le compliment, qu'est-ce que tu dirais ? dit-il en essayant de capter mes yeux qui s'éparpillent.

— Je ne te croirais pas. C'est trop tard.

Zac. Au Paradis avec Je suce, qui me reproche de n'avoir pas lu son roman fondamental, *Quadriphonie citron*.

Dans la journée, je suis passé au sauna de la rue Blacas, mais je n'ai pas trouvé un seul type potable.

J'en suis sorti non repu d'une certaine envie. Mais la vapeur d'eau m'a délesté de toutes les tensions induites par le nouvel et très répétitif épisode du suicide fraternel. Un jour, Julien y passera forcément pour de bon, sans pourtant l'avoir réellement désiré, et ce jour-là, forcément, mes parents jugeront formidable l'idée de m'en tenir pour responsable. Ma vie est tellement merdique que parfois j'oublie que je mène une vie d'homme.

Entre deux paroles littéraires très ennuyeuses, Je suce parvient à me proposer de l'ecsta. Pour une fois dans son existence, il tombe idéalement. Je suis plein aux as après le nouveau prêt téléphonique que m'a accordé une nouvelle banque virtuelle. À banque virtuelle, fric bien réel.

Je lui en achète trois, dont deux que je compte offrir à Antoine et à Moïse, dont l'absence concomitante n'est pas de bon augure. Trois ecstas que je paie cash, ce qui semble étonner mon dealer si profondément joycien.

— Il faut que tu lises ce texte, me dit Je suce, l'ignorer serait criminel !

Je le regarde et, durant une seconde, m'apparaît une image de lui, intacte, dans son berceau. Alors tout espoir était permis pour lui. Mon cas est si semblable. Que s'est-il passé avec nous ?

Pour l'instant, je ne désire qu'une chose, droguer Antoine jusqu'à ce qu'il accepte de baiser avec moi et de me laisser tester sa queue de vingt centimètres. J'ai recueilli cette information d'une source sûre, mais qui désire demeurer secrète. J'ai juré de me taire. J'ai juré sur la tête de Julien. C'est Flore qui me l'a dit.

Antoine ne se doute pas à quel point je suis un bon suceur. Pour l'instant, je ne suis qu'un suceur méconnu, avec très peu de possibilités de reconnaissance, de la part d'Antoine tout au moins. Être reconnu par Roger comme l'As de la fellation aurait une tendance très probable à marquer ma vie entière du sceau de l'affliction. Mais jamais je ne sucerai Roger ou un type dans son genre, bien que je doute qu'il en existe deux comme lui.

— Je croyais que t'étais un type intelligent, Zac, reprend Je suce avec une mine éplorée qui est censée me faire culpabiliser.

C'est mal me connaître.

Je termine ma bière sans éprouver la moindre envie d'en commander une autre. Aujourd'hui, je n'ai aucune espèce de chance de me sentir bien, même si je consentais à engloutir des tonnes de litres d'alcool. Je n'écoute plus Je suce, qui reste très volubile en dépit du manque évident d'intérêt que je lui accorde. Je suce fait partie de ces gens qui n'ont absolument aucun besoin d'interlocuteurs, mais qui passent leur vie à les chercher furieusement.

Les battements de mon cœur résonnent en moi comme un écho lointain. Je m'évapore doucement du temps présent. Je m'extrais sans bruit de ce monde. Je me rends impalpable. Je me cache en plein jour. Je ne désire rien et n'attends pas grand-chose. Je me contente de flotter, sans conscience, assoupi.

Lorsque je retrouve mes esprits, Je suce n'est plus là. Je suis seul.

La terrasse du Paradis est déserte.

Je suis seul. Mais encore vivant. Il fait nuit.

Moïse. Toujours avec Antoine. Et délicieusement troublée tandis qu'il me raconte qu'il aurait dû être journaliste, mais qu'il avait refusé tous les postes qu'on lui avait offerts parce qu'il avait senti que, s'il s'embarquait là-dedans, ce serait fini, et bien fini pour lui, qu'il se préoccuperait de son travail et de l'argent, tout cet argent qu'on lui verserait pour bien faire son travail. Et il dit que les choses lui étaient apparues clairement pendant un stage dans une grande radio nationale, à la suite duquel on lui avait proposé de le titulariser et pas comme simple tâcheron, un vrai bon poste, un très bon poste, qui l'aurait mis sur les rails, tout droit vers la réussite. Parce qu'il était doué, très doué. Et je profite de ces premiers réels instants de désir où mon regard redevient si naturellement ébloui. La vraie jouissance du moment, épurée de toutes ces arrière-pensées qui viennent toujours nous gâcher la fête de l'émotion qui s'emballe. *Oh oui, parle-moi encore !*

Au début, il croyait que c'était ça qu'il voulait faire. Il n'éprouvait aucun doute. Et puis, une fois entré dans les détails, il a constaté que, journaliste, c'était pas mieux que le reste, c'était pas moins bien. C'était pareil. Chef, sous-chef, DRH, pression, compétition, vacuité du quotidien, promotion. Tout ça l'a dégoûté parce qu'il savait que ça pouvait lui tordre l'âme, à la longue, jusqu'à ce qu'il finisse serpillière, vraiment à plat. Alors il a tout renié en bloc, et violemment. Il s'agissait de survie. Et cette expérience lui avait fait comprendre qu'il voulait ancrer sa vie ailleurs, que, la poésie, c'était pas fini pour tout le monde. *Oh non, la poésie n'est pas finie pour tout le monde !* Et c'était risqué, comme choix. Mais au moins ce choix-là lui laissait une chance. C'était pas comme les autres choix suffisamment déguisés en choix pour qu'on croie ferme en ces choix qu'on ne fait pas. Et ses parents, ils ont tellement désiré qu'il fasse semblant de choisir. Mais, lui, il ne s'est pas contenté de faire semblant. Ce choix-là était trop vrai pour leur plaire. Et ça ne leur a pas plu. Au fond, ça les torture qu'il soit si libre. Non seulement pour lui, mais pour eux aussi, parce qu'ils se disent qu'ils vont devoir faire face au reste du monde et revendiquer cette liberté qu'ils n'auront pas le courage de désavouer ouvertement.

Il me parle. Je lui réponds. Nous parlons de tout. Excepté de cette envie. Si puissante. Si belle. Que nous avons de nous étreindre. Mais au fond ça revient au même. L'épiderme le fait pour nous.

Notre premier verre est déjà loin. Et nous sommes si proches que ça m'en fout le tournis. Je revois Zac, que mon engouement pour Antoine a relégué aux oubliettes de ma conscience, et je pense que je ne suis pas en train de le trahir, que je l'aime terriblement, mais pas comme Antoine, que je désire terriblement.

Entre ces deux êtres qui me font sentir tellement en vie, je ne retrouve plus ces figures du couple que l'on m'a inculquées par la force des choses et que j'ai fini par faire miennes, à force de les apprendre, sans pourtant les avoir jamais réellement désirées. Aujourd'hui que nous sommes trois, je sais que c'est ça que je veux et je renie ce pauvre enseignement du couple qui n'a jamais rien donné de si flamboyant qu'on puisse en faire la figure incontournable de l'existence. Mais je me sens déroutée par ces deux amours qui cohabitent en moi, alors, comme toujours, je ne prends pas les devants et préfère l'ivresse du temps présent à un futur qui m'apparaît invariablement improbable.

Et je passe deux heures merveilleuses au Café de Turin. Deux heures qui suffisent à m'indiquer clairement que j'aimerais beaucoup les revivre à l'infini. À croire que le paradis est ici. Et Zac n'est pas là. Qu'importe, puisque Zac n'a pas besoin d'être là pour être là. Il suffit seulement que moi j'y sois.

Antoine. J'ai une heure avant d'aller la retrouver. Je décide de traîner dans la ville plutôt que de rentrer chez moi. Je suis assez content de la conversation que nous avons eue, même si je ne sais toujours pas ce qui m'a pris de m'épancher comme ça. Le vin blanc, la chaleur, le soleil déclinant. Tout ça m'a mis en confiance et j'ai pu lui dire ces choses qu'on garde en général pour soi de peur d'effrayer les gens en leur livrant tout en bloc. Elle ne semblait pas apeurée par cette incursion dans mon intimité. Je pense même que, un instant, elle s'est sentie proche de moi. Elle m'a écouté avec cette attention que les gens prêtent lorsqu'ils sentent qu'ils peuvent s'identifier à vous.

Ce moment entre nous a permis de créer un sous-ensemble clandestin à cet ensemble que nous formons avec Zac. Si pour une fois les choses voulaient bien tourner, l'ensemble pourrait devenir sous-ensemble, et le sous-ensemble, ensemble.

On dit que Nice est très vaste, mais en réalité tout ce qui présente un intérêt dans cette ville peut se faire à pied. Pourtant c'est le genre d'endroit où les gens ont peur de marcher. Ils sont fainéants, peu curieux des choses. La voiture est une deuxième maison, qui les protège des autres, de cet étranger qu'ils pourraient croiser au détour d'une rue, et qui aurait l'outrecuidance de les interroger sur leur vision des choses. Que pourraient-ils lui dire, à cet arpenteur de trottoirs, eux qui passent de leur maison à leur voiture à un rythme inlassablement identique, en cercles connus et confortables comme la mort. Dans ce macabre ballet de déplacements, de lieu sûr en lieu sûr, ils n'ont pas le temps de penser à une vision des choses. Non, à Nice, très peu de gens ont une vision des choses. D'instinct bourgeois, beaucoup considèrent que les choses se possèdent, mais ne se regardent pas.

Je longe la rue Ségurane, de laquelle, lorsqu'il fait jour, on peut apercevoir un carré de mer bleu. Ce soir, on ne voit plus qu'une nappe sombre où éclatent les lumières blanches et dures des lampadaires qui jalonnent la promenade des Anglais. Par effet de perspective, les lumières paraissent toutes proches. Il me semble même que je pourrais capturer l'une d'elles. Je n'aurais qu'à tendre le bras et la cueillir en refermant ma main. Je vérifie en faisant ce geste, mais je ne capture que du vide, ou peut-être est-ce le vide qui m'a capturé, par ce même effet de perspectives lumineuses. J'aime profondément cette ville, pour son étrangeté, pour son côté changeant où j'ai souvent l'impression d'être un intrus. Un peu las, je m'assois sur un banc, face à l'entrée d'un immeuble en pierres de taille, très cossu, comme il y en a pléthore dans le quartier. Sur la façade, une plaque de marbre indique que Friedrich Nietzsche y a vécu quelques années et qu'il y a écrit *Par-delà le bien et le mal*.

Je sens subitement une présence à côté de moi. Je suis persuadé qu'il n'y avait personne lorsque je me suis assis sur ce banc. Je tourne la tête, incrédule. Je découvre une femme d'une soixantaine d'années, avec ce regard clair, un peu rêveur, et cette peau du visage opaline qu'ont les belles femmes allemandes. Je contemple ses longs doigts légèrement tremblants, prolongés par des ongles vernis de rouge et parfaitement soignés, qu'elle laisse flotter sur sa robe de coton blanc, dont la haute échancrure fait apparaître des cuisses de jeune fille. Elle ne me regarde pas. Elle semble même ne pas remarquer ma présence. D'ordinaire, je me serais levé en vitesse et aurais fui cette inconnue sans me retourner. Mais ce soir j'ai envie de côtoyer cette femme, comme on côtoie une vieille amie, en connivence.

— Bonsoir madame. Je peux vous aider ? je demande sans appréhension.

— Je crains que non, jeune homme. Pourquoi croyez-vous que j'aie besoin d'aide ? Je n'ai pas besoin d'aide, dit-elle avec un accent germanique très prononcé.

Puis elle se retourne enfin vers moi, et son regard aussi transparent que des billes de verre me caresse d'une bienveillance courtoise et réservée.

— Je ne suis jamais venu m'asseoir ici, je dis finalement, ne sachant trop quoi dire.

— Moi, très souvent, dit-elle d'une voix grave et profonde qui jure avec son physique délicat. Je vis là, elle reprend en me désignant cet immeuble où vécut Nietzsche. Je n'ai pas de balcon, alors je descends prendre l'air sur ce banc. Cette chaleur est insupportable. (Elle sort de sa poche un paquet de cigarettes et un briquet.) Vous en voulez une ?

— Non, je ne fume pas.

J'observe son visage à la lueur de la flamme du briquet. Elle me semble de moins en moins réelle.

— La vie fait bien les choses, n'est-ce pas ? Deux Allemands dans cet immeuble, à un siècle d'intervalle.

— Oui. Que faites-vous à Nice ? je me risque à demander.

— Je me perds. Nice est un bon endroit pour se perdre, n'est-ce pas ? m'interroge-t-elle, presque badine.

— Probablement… je dis. Moi j'y suis né.

— J'étais venue là lorsque j'étais plus jeune… plus gaie… follement gaie… Et je m'étais dit que j'y reviendrais lorsque je n'aurais plus rien. Car je savais qu'un jour je n'aurais plus rien. Ce qui ne m'empêchait pas d'être gaie, au contraire. Et vous ?

— Moi, rien...

— On sent chez vous une sorte de réticence à vous livrer à la vie. Livrez-vous sans retenue. Croyez-moi. Ne soyez pas mesquin avec vous-même, ni avec elle, sinon elle vous le rendra au centuple. Le désespoir est fait pour occuper les pauvres d'esprit, et vous n'êtes pas comme ça, n'est-ce pas ?

— Je n'en sais rien. Et vous ?

— Moi, je ne suis pas désespérée. Ma vie s'achève. Laissez-moi, maintenant. Vous avez mieux à faire. Et moi, j'ai la compagnie de mes souvenirs.

Moïse. Finalement, c'est Nathalie qui passe nous prendre chez moi avec la Mercedes coupé cabriolet de ses parents. Avant de descendre, je jette un dernier coup d'œil dans la glace, mais je préfère ignorer ce que je vois.

Lorsque je les rejoins, il s'est déjà installé à l'arrière de la voiture et évoque avec Nathalie l'époque New wave, cette adolescence matinée de noir qu'ils étanchaient avec la même naïveté dans l'âme.

— Tu avais une crête blond platine, avec des toiles d'araignée dessinées au rasoir sur le bas du crâne.

— Exactement ! C'est fou que tu te rappelles tout ça, dit-elle, tombant subitement dans un mutisme nostalgique.

J'enclenche la cassette de LFO et nous nous mettons en route pour Cannes.

— J'étais New wave, moi aussi ! je lance comme une revendication.

Mais personne dans ce périmètre ne semble s'intéresser à cette plage lumineuse de mon passé.

Je n'insiste pas, mais je me rappelle combien je me sentais lourde et mal dans ma peau. J'allume une cigarette. J'augmente le volume. Je me laisse glisser dans l'obscurité et regarde la route défiler en tâchant d'oublier que je ne suis plus New wave mais qu'il m'arrive de me sentir aussi peu taillée pour la vie qu'à l'époque.

Nous faisons une halte dans une station-service de Cagnes-sur-Mer, près de l'hippodrome, d'où jaillit une lumière très blanche, provenant d'immenses spots autour desquels des millions d'insectes virevoltent. La route est parallèle à la piste. Pendant la saison du trot, il arrive souvent que les voitures engagent une course de vitesse avec les chevaux dont le poil enduit de sueur scintille dans la nuit comme un splendide velours.

Nous voulons acheter des bières, mais le pompiste refuse de nous les vendre en prétextant qu'on a largement passé l'heure légale. On lui file cinquante balles pour qu'il oublie son règlement à la con pendant qu'Antoine pisse sur le panneau « *out of order* » de la machine à café.

Nous reprenons la route. Je change le disque de LFO pour celui de REM. « Crush With Eye-Liner » me pulse l'âme. Je me sens si bien que j'appréhende notre arrivée à Cannes. Je refuse d'assister à la partouze de Karine. Je rêve de rouler pour l'éternité avec ce morceau en boucle. Spontanément, je pose ma main sur celle d'Antoine. Il la serre comme si ce geste allait de soi. Mon désir se remet à me titiller les tripes, puis à franchement me les tordre. Cet habitacle constitue mon enclave de bonheur. Mais le panneau d'affichage *Cannes-sa Croisette-ses Festivals-ses Vieux Débris* efface le début d'optimisme qui commençait à naître en moi. Tout s'envole d'un coup, et le désir, et l'éternité, et « Crush With Eye-Liner ». Je redeviens moi-même, lestée d'un litre de mauvaise bière payée au prix fort.

Karine nous attend devant l'entrée du Club 007. Je trouve ça franchement ridicule, un nom pareil, pour une boîte échangiste. Pour n'importe quelle boîte, d'ailleurs. Club 007 est un nom à chier. Mon humeur s'obscurcit sans que je puisse intervenir – je l'aurais bien abandonnée au vestiaire, pour la récupérer en sortant.

— Oh, comme ça me fait plaisir que vous soyez venus ! s'exclame Karine en m'embrassant avec chaleur.

Elle s'avance vers Antoine, tout aguicheuse, c'est limite si elle ne lui fourre pas la main dans le froc.

À peine entrée, je constate que ça pue le beauf à plein nez. Des tonnes de ballons multicolores pendent au plafond d'un couloir qui mène à la boîte. *La Baise dans le foutoir*. C'est Sade. Notre époque est plutôt obscure. Le Club 007 n'en est qu'une manifestation de trop.

— Pourquoi ballons multicolores riment toujours avec fêtes merdiques ? je demande à Antoine d'un air sinistre.

Il fait mine de se concentrer.

— Laisse-moi y réfléchir, je te répondrai un peu plus tard...

Près de la caisse, un panier en osier offre aux clients des capotes à arômes multiples. Quelqu'un s'est cru obligé de faire de l'humour en inscrivant sur une pancarte : « TOUS LES GOÛTS SONT DANS LA NATURE. » Je me dis que le goût et la nature n'ont jamais dû mettre les pieds ici.

Pour Karine, cette soirée a le goût d'une fête. Pour moi, celui d'une promesse non tenue. À elle seule, ce soir, elle incarne la fêlure du monde. Son ratage rédhibitoire. Baroque Bordelo.

Zac. Ai espéré son appel une bonne partie de la soirée. J'essaye de joindre Moïse, mais sa mère me dit qu'elle est encore sortie, comme si elle me le reprochait.

Un silence inhabituel, presque suspect, règne dans l'appartement. Mes parents se sont couchés tôt et Julien s'est assommé au cocktail Xanax/Heineken. Ce qui réduit à zéro les probabilités que quelqu'un puisse venir m'emmerder. J'allume MTV et tombe sur Morrissey qui chante live « Angel, Angel, down we go together ». Le téléphone finit par sonner. Je me dis qu'Antoine s'est enfin souvenu de mon existence lorsque j'identifie la voix de Céline, une fille qui était critique aux *Cahiers du cinéma* en même temps que moi. Elle parle sans discontinuer, mais je n'écoute pas. Morrissey déverse sa mélancolie dans mon âme morose. « *Angel... Don't take your life... Some people have got not pride... They do not understand the urgency of life. But I love you more than life...* »

J'ai envie de chialer. Mais Céline me devance, elle éclate en sanglots. Pourtant je mettrais ma main à couper qu'elle ne connaît ni *Angel*, ni Morrissey. Cette fille est du genre à adorer Scorpions et tout ce bullshit allemand. Elle mérite d'être malheureuse. Ça lui fera les pieds d'avoir si mauvais goût.

— Zac, je te l'ai jamais dit... Heu heu... Je... Je ne suis pas française. Je suis argentine. Toute ma famille a brûlé dans notre ferme en Patagonie. Je suis la seule rescapée du drame...

— Ah, je me suis toujours demandé pourquoi tu avais le bout du nez légèrement cramé ! je lance.

— Oui... C'est pour ça... J'ai failli mourir moi aussi...

Et elle se met à hurler dans le téléphone :

— J'ai vu ma mère mourir, Zac !

— Ça ne fait rien. Je ne t'en veux pas.

— Quoi ? Zac ? Qu'est-ce que tu racontes ? Zac ?

Je raccroche, encore perplexe que cette fille ait eu l'idée saugrenue de m'envoyer son malheur à la figure. Les larmes sont des secrets que l'on doit garder pour soi ou à la rigueur partager avec des *pop singers* qui détestent Scorpions. Son histoire n'est qu'un banal fait divers, toutes les histoires sont de simples faits divers. Le fait que je me trouve au plus bas de mon échelle de richter n'échappe pas à cette règle du tremblement.

Elle n'a qu'à en faire un film. Si l'ensemble de ma famille avait brûlé en Patagonie, j'arriverais peut-être à sortir un scénario potable. Oui, c'est ça qu'il me faudrait, une bonne grosse tragédie. Assassiner Julien constituerait une solide base de scénario, en plus de me soulager l'existence. Je pourrais aller dans sa chambre et écraser un oreiller sur sa tronche de demeuré. Je parie qu'il ne se défendrait pas. Je parie même que ce connard serait capable de me remercier avant de lâcher son dernier soupir. Pour l'instant, je me contente de mater sur MTV un spécial Wham, avec cette pétasse de George Michael affublée de son éternel brushing texan. *Wake me up ! Before you go go…*

L'interphone résonne comme une plainte. Je me traîne jusqu'à la porte pour décrocher.

— Zac, c'est Roger. Descends, je t'emmène ! déclare-t-il avec le même enthousiasme que s'il s'apprêtait à me faire une surprise et que, cette surprise, c'était tout simplement lui. Toujours Roger. Rien que Roger.

Je dévale les escaliers avec le même enthousiasme que quelqu'un qui sait qu'une surprise l'attend et que cette surprise est simplement Roger. Je m'installe dans la voiture sans prendre la peine de le saluer. Je tourne à fond le volume de la radio afin d'éliminer toute chance d'avoir à subir sa conversation. Le voir me fait suffisamment de mal.

Le petit cerveau de Roger regorge de plans nocturnes autoroutiers très prometteurs. Et, comme prévu, nous empruntons l'autoroute en direction de Cannes.

— Tu me dois cinq francs ! dit-il après avoir mis dix francs dans la machine du péage.

— Je te les donnerai quand nous serons arrivés.

— Non, tout de suite, sinon je ne redémarre pas ! exige-t-il.

Morale de l'histoire. Roger est un gros chieur.

Antoine. Nathalie nous a abandonnés dès l'entrée. Elle avait reconnu trois clientes de son salon de coiffure assises sur des poufs zébrés.

Moïse et moi, on a foncé au bar, derrière lequel un bellâtre au regard clair et stupide adoptait une démarche exagérément chaloupée, attitude censée dégager un érotisme torride. Elle était au bloody mary. Moi au scotch. On s'est peu parlé. On a beaucoup bu en observant les baiseurs en costume. Pour les femmes (la plupart celluliteuses, au point qu'on aurait dit qu'elles portaient une meule d'emmental à chaque fesse), le code vestimentaire recommandait un string et un collier de chien, genre *fais-moi-mal-mais-pas-trop-car-j'adore-ça-mais-quand-même*. Les hommes n'arboraient rien de spécial, sinon leur vacuité d'esprit évidente, mais ça, c'est banal. Ce n'est pas une spécialité échangiste, hélas. Ils observaient leurs futures proies avec un contentement qui trahissait l'image virile qu'ils se faisaient d'eux-mêmes.

— Ce spectacle ferait débander le plus atteint des priapiques, je dis. Faut vraiment être dénué de conscience pour y croire deux secondes.

— Tous les priapiques ne sont pas dénués de conscience ! rétorque-t-elle avec la même ardeur que si je l'avais attaquée personnellement.

— C'est bien ce que je dis ! Cet endroit est rempli de gens dénués de conscience !

— Peut-être parmi eux y a-t-il quelques priapiques.

— Oui, je me contente de répondre, la sentant déjà trop ivre pour poursuivre ce débat. J'aime être avec toi, j'ajoute dans un souffle.

— Les priapiques sont des gens comme les autres ! Tu recommandes à boire ?

Je laisse tomber et remets la romance à une autre vie. La musique s'arrête. C'est un soulagement parce qu'une minute de plus d'Image « *Tu m'entraînes au bout de la nuit. Traîne ! Jusqu'à l'insomnie* », et j'optais définitivement pour le suicide.

Je fais un tour d'horizon et remarque qu'il n'y a plus personne autour de nous. Je le lui fais remarquer d'un hochement de tête.

— Où sont passés tous ces blaireaux ? s'étonne-t-elle.

— J'en sais rien.

Le DJ, enfin cette ordure qui a osé nous infliger Julie Pietri (« *Ève, lève-toi et danse avec la vie, l'écho de ta voix est venu jusqu'à moi* »), ce sombre connard qui n'a pas hésité à passer Bibi (« *Tout doucement, tout simplement fermé pour cause inventaire* »), cet énorme déchet de l'humanité qui me ferait même regretter cette enflure d'Albert, me dit qu'ils sont tous descendus au sous-sol, qu'ici il ne se passera plus rien. J'ai envie de lui répondre qu'ici à mon avis il ne se passe jamais rien. Mais son air solidement convaincu de vivre des moments extraordinaires dissipe toute volonté de le désabuser. Pourtant j'aurais quelques raisons de vouloir me venger. Mais, en esprit et en vérité, la vengeance n'est pas ma tasse de thé.

En bas, l'ambiance frôle le chirurgical. Les fauteuils de gynécologue installés en rangs d'oignons, accueillent des femmes aux rondeurs dégoulinantes. Leurs grosses cuisses écartées emprisonnent les gros mâles qui viennent s'y engouffrer sans conviction. Des va-et-vient mécaniques rythment des gémissements mécaniques. De la laideur.

Un spot teinte la salle d'opération d'un halo rouge, comme il convient. Dans un recoin, un type attaché à des menottes qui pendent du plafond se fait flageller son hideux petit corps par une femme d'au moins soixante-cinq ans qui arbore volontairement un air méchant.

— Je pensais pas que c'était comme ça. Le sexe devrait être interdit aux beaufs ! aboie Moïse dans mon oreille carrément d'accord.

Moïse. Écœurée écœurée ! La vraie nausée ! Et pas à cause de l'ivresse ! J'observe cette fille que je connais depuis qu'elle a treize ans. Elle est en train de sucer un gros gars dans une minuscule alcôve, alors que son mec, un bourrin avec un catogan, se branle sur son cul. D'une autre main, il tente de lui baisser son short, mais cette merde de latex lui colle à la peau. Au bout d'un moment, il pense enfin à lâcher sa bite pour s'aider des deux mains. J'essaie de me souvenir à quoi elle ressemblait adolescente, avant qu'elle ne devienne une caricature pornographique. Mais les images dans ma tête se superposent, puis se brouillent. Je ne vois que moi, jeune, si peu ingénue, trop au courant, déjà désabusée.

Le ventripotent poilu ne cache pas son bonheur d'être là. Car, sorti du contexte, ça ne doit probablement pas se presser au portillon pour baiser avec lui. Alors il en profite à fond. Le mec de Karine finit par enfourcher sa belle. Elle n'en peut plus, elle gigote, elle piaille. C'est trop. Elle se met subitement à hurler. Le foutre jaillit. C'est humide. Partout. Ça atterrit sur ses reins. L'éjaculateur vaut bien une banque du sperme à lui tout seul. Ça atteint même la gueule du gros, qui semble exulter un peu plus. Il jubile d'extase. Il le sait, lui, qu'il y gagne grâce aux circonstances. Karine n'aura plus jamais trente ans. Plus jamais elle ne se transcendera comme cette nuit. Et lui, il redeviendra le gros bedonnant qui n'intéresse personne parce qu'il est gros laid bête médiocre.

Ce soir, c'est ta nuit, gros !

Antoine. Nous remontons au bar. D'un accord tacite, nous décidons d'aller jusqu'au bout. Elle au bloody mary. Moi au scotch.

— Je ne sais plus qui je suis, lâche-t-elle, complètement bourrée.

— Tu es pétée, je dis en me rapprochant d'elle.

— Pétée comment ? Pétée niste ?

— En quelque sorte.

— Dire que je suis née le même jour qu'elle. J'ai vingt-cinq ans aujourd'hui, Antoine. Tu trouves pas ça déplorable, de fêter son anniversaire dans une boîte échangiste aussi nulle ? Tu fêterais ton anniversaire dans une boîte échangiste aussi nulle, toi ?

— Pourquoi pas, si tu es là, je hasarde.

Elle feint de ne rien entendre. Son regard se perd dans l'espace obscur et vide du club. Puis elle revient à moi et s'approche pour m'embrasser. Sa langue, qu'elle fourre rageusement dans ma bouche a le goût de la tomate épicée. Elle glisse sa main sous la ceinture de mon jean et la fourre entre mes cuisses. Je n'ai pas le temps de me demander ce que sa main peut bien foutre là, que je réalise qu'elle me caresse simplement.

Jusqu'à ce qu'elle fasse ce geste inespéré, je me sentais comme un Martien sur cette terre. Toujours de mauvaise humeur. Jamais content de rien. Cette main me rend cette sensation d'exister qui me fait si souvent défaut. Le Club 007 se révèle un endroit formidable, et Karine, une fille fantastique, qui va jusqu'au bout d'elle-même. Personne ne pourra lui contester ça. Pas moi, en tout cas.

Zac. Nous nous sommes garés sur le parking de l'aire des Bréguières. Les deux-trois voitures stationnées là nous indiquaient que, ce soir, il n'y avait pas foule. Nous avons décidé d'attendre qu'il y ait des mecs qui se montrent.

— Tu ne veux pas éteindre cette radio. Tout ce bruit me donne la migraine ! a pesté Roger d'une voix fébrile.

En réalité la vieille folle devait réaliser que, une fois encore, sa nuit ne vaudrait pas un clou.

— Ça s'appelle de la musique, j'ai dit en m'exécutant.

Je l'ai abandonné dans la voiture et me suis enfoncé dans les bois. L'endroit baignait dans une totale obscurité. J'entendais des halètements, des souffles, des braguettes de pantalons, des froissements de blousons qui violaient le frémissement tranquille des feuillages dans le vent. J'avançais doucement, le bout incandescent de ma cigarette était ma seule source de lumière. Finalement, il y avait plus de monde que le parking ne l'avait laissé supposer. À croire qu'ils étaient tous venus en bus. Je n'ai pas eu longtemps à attendre avant de sentir une main solide accrocher mon bras. Un mec m'a attiré vers lui et m'a brutalement collé contre un arbre. L'air frais diffusait des arômes de pin. C'était bon. J'étais adossé à cet arbre, tentant désespérément de discerner le visage du type. Je dessinais les contours de sa silhouette de gestes fébriles. Mes mains ripaient sur la toile brute de son jean. Cette sensation de rudesse m'excitait. Il a déboutonné son pantalon et m'a forcé à m'agenouiller. J'ai glissé le long de l'arbre. J'ai happé sa queue avec ma bouche. Elle était chaude, douillette, comme un endroit qu'on ne voudrait jamais quitter. J'ai imaginé Antoine à sa place. Le mec m'a relevé. Il sondait l'obscurité dans ma direction pour voir s'il n'était pas trop mal tombé. Il aurait pu tomber plus mal. Il aurait pu tomber sur Roger.

Je devinais qu'il était jeune à sa façon de triquer fort, avec foi. L'image encombrante d'Antoine s'était dissipée. Il n'y avait que lui. Certain qu'il n'était pas pédé. C'était sûrement pour ça qu'il me plaisait tant. Il m'a retourné contre l'arbre et j'ai senti sa queue s'infiltrer dans mon cul, son souffle incendiaire sur ma nuque, la violence de ses tripes dans mon ventre, la culpabilité de son âme. C'était pur, sans piétinement. Pendant cet instant, j'ai tout oublié, les personnages, le lieu, le temps. Je suis resté là, chancelant, effrayé de revenir à moi. Il s'est rhabillé en vitesse, puis, d'une voix rugueuse, m'a demandé :

— T'es séropo ?

— Non, j'ai dit. (De toute façon, c'était trop tard pour y penser.) Tu veux une clope ?

— Ouais.

J'ai approché la flamme du briquet très près de son visage. Il a esquivé mon regard chargé d'attentes. Il affichait l'orgueil d'un être dont la beauté certaine ne cherche pas à trouver une quelconque reconnaissance dans les yeux d'un type qu'il a baisé à la sauvette. Pour moi, la situation s'avérait bien différente. J'espérais qu'il prononce la formule magique qui me sauverait de mon existence bancale, au moins provisoirement. Genre : Je suis très content de t'avoir rencontré. Tu me plais. Pourrait-on se revoir ?

— Allez, salut, a-t-il dit en s'éloignant.

Une irrépressible envie de le retenir s'est emparée de moi.

— Eh, attends ! Ça te dirait qu'on se revoie ?

J'ai entendu ses pas stopper sur le tapis d'épines qui couvrait la terre. Il s'est retourné dans ma direction.

— Non, désolé, a-t-il répondu, blasé, comme pour dire que mon cul ne méritait pas un pèlerinage.

Ce type avait raison. Il n'était pas assez perdu pour s'en remettre à quelqu'un croisé sur une aire d'autoroute. Il n'était pas comme moi.

J'ai fait un tour dans les bois en fumant une cigarette, histoire de laver le souvenir de ce pur moment de plaisir, de son dénouement banal. Si j'avais écrit cette séquence pour un scénario, le beau mec aurait sûrement agi de manière identique, il se serait tiré sans se retourner, laissant le héros du film se démerder avec sa vie pathétique. C'est probablement pour ça que je ne termine aucune des histoires que je commence. Il n'y a pas d'issue à cette triste répétition.

Lorsque je suis retourné sur le parking, la voiture de Roger était là, portières ouvertes. En me réfugiant à l'intérieur, je me suis dit que ce n'était pas son genre d'abandonner son précieux bien sans le boucler à triple tour. Je me sentais éreinté, et la froide humidité de l'air paralysait tout mon corps. J'ai très rapidement cessé de me poser des questions pour me détendre un instant. Lorsque j'ai voulu allumer la radio, j'ai constaté que le poste avait été arraché, idem pour les rétroviseurs. Je suis sorti et me suis mis à la recherche de Roger. Il était impossible qu'il fût avec un type, à moins d'être retombé sur l'aveugle.

Après avoir parcouru quelques mètres, j'ai aperçu sa tong multicolore au pied d'un arbre. J'ai relevé la tête. Roger était assis sur une branche qui ployait sous son poids, transi de peur.

— Qu'est-ce que tu fous là-haut ?

— Des types de banlieue ont débarqué, ils ont dit qu'ils voulaient casser du pédé. Il n'y avait que moi. Ils ont commencé à dire qu'ils n'aimaient pas du tout mon genre, a-t-il raconté, haletant, alors que je l'aidais à descendre.

Sur ce point précis, j'étais assez d'accord. Le plus tendre des humanistes aurait éprouvé une irrépressible envie de rayer Roger de la surface de la terre. Les types avaient commencé à le tabasser, mais heureusement il avait réussi à s'échapper et s'était réfugié dans l'arbre.

— J'étais très fort à la corde quand j'étais jeune. Je peux te dire que ça m'a servi ! a-t-il déclaré fièrement.

Même dans les moments les plus pitoyables de sa vie, Roger se conservait une admiration sans faille.

— Comme ils ne pouvaient pas m'atteindre, ils ont commencé à m'insulter, tu imagines ce qu'ils ont pu me dire... Après, ils m'ont volé mon autoradio et mes rétroviseurs, les salauds ! (C'était pire que s'ils lui avaient volé son âme.) Depuis ma branche, je les ai menacés d'appeler la police...

— Ça a dû leur faire peur, Roger, j'ai lancé, ironique. Tellement peur qu'ils ont tout embarqué !

Roger s'est subitement mis à sangloter sur son autoradio et ses rétroviseurs. Je me suis dit qu'il était temps de montrer un peu de mon humanité. – Tu peux t'estimer heureux ! Ils auraient carrément pu voler la totalité de ta voiture bien-aimée, j'ai tenté de le rassurer. (L'unique fait d'y penser a agité le corps athlétique de Roger d'un spasme d'effroi.) Le logo *NRJ* a dû les faire reculer.

— Tu trouves le moyen de te foutre de moi ! Dis encore un mot de travers sur ma bagnole et je te plante là !

L'aire des Breguières semblait le seul endroit épargné par l'été, et je n'avais pas du tout l'intention d'hiberner. La globalité de ma nuit est remontée à la surface de ma conscience et m'a fait entrer dans une colère noire, qui aurait facilement pu me pousser à écourter la durée de ses jours.

— Écoute, vieille salope, si tu oses faire ça, c'est plus la peine de montrer ta gueule de nœud à Coco, parce que je te tue !

L'éventualité de ne plus jamais revoir Coco en soulagerait plus d'un, moi en particulier. Mais pas Roger, pour lequel ce lieu de drague représente un lien vital et unique avec les autres êtres humains. Ainsi, nous sommes tranquillement repartis vers Nice. L'instinct de survie de Roger lui conseillait de ne plus ouvrir la bouche, ce qui me laissait l'opportunité de faire la synthèse de ma nuit : néant.

Très peu de voitures longeaient la promenade des Anglais. Il n'était pas loin des six heures du matin. Dans moins d'une heure, le jour commencerait à se lever. J'étais content de ne pas être de la fête. Notre voiture s'est arrêtée au feu rouge, le temps pour moi d'observer les joueurs fatigués qui sortaient du casino Rhul. Un coupé Mercedes s'est immobilisé à notre hauteur. La fille au volant semblait minuscule aux commandes de sa puissante voiture. À l'arrière, un type était totalement affalé sur une fille, engloutie sous le poids de son corps. J'essayais d'y voir de plus près lorsque le feu est passé au vert et que la Mercedes nous a fait faux bond. Roger ne desserrait pas les mâchoires. Bien sûr, j'aurais pu lui dire d'accélérer un peu, dans la mesure où il ne dépassait pas les trente kilomètres à l'heure. J'aurais pu lui dire qu'il constituait un véritable danger pour la sécurité publique. J'aurais pu lui dire que le temps que nous avions mis pour parcourir vingt kilomètres aurait suffi à un trajet Nice-Marseille à mobylette. Mais je n'ai rien dit de tout cela. Rien du reste. Ma vie était suffisamment compliquée.

Je me suis retourné vers la mer calme. *I love you more than life… Angel.*

Moïse. Je ne parviens jamais à dormir lorsque j'ai trop picolé. Je suis nue, couchée sur mon lit, et je fume tous les mégots que j'ai pu sauver des cendriers de cette baraque. C'est cheap, je sais. Mais il y a certains moments capitaux dans une vie, où il faut savoir s'avilir pour prodiguer paix à son âme. À tout juste vingt-cinq ans, je peux me féliciter que l'existence m'ait au moins appris ça.

En cherchant des cigarettes, je suis tombée sur un album de photos, que j'ai rapporté dans ma chambre. Il y a de très nombreuses photos de moi. Jusqu'à douze ans à peu près. Ensuite, plus aucune trace de ma présence dans cette famille. À croire que je n'ai plus intéressé personne ici. Ça coïncide à peu près avec le sentiment que j'en ai eu. Le règne de l'enfant-roi avait pris fin. Et depuis je n'ai cessé de quémander une prolongation pour ce match qu'un seul geste dans ma direction aurait pu sauver. Tout ça aurait dû continuer. Comme avant. Ne jamais quitter l'écrin de mon enfance.

Antoine a insisté pour monter chez moi. J'ai refusé. Si j'avais cédé, il aurait découvert mon univers, et dissipé le petit mystère que je représente encore à ses yeux. Il aurait pu s'installer, feuilleter mes livres, parcourir ma collection de disques. Je voudrais tant que tout soit parfait, le moment venu. À commencer par mes sous-vêtements.

Impossible de dormir, mon cerveau bouillonne de vodka. J'en sens encore les effluves tout autour de moi. J'écoute la maison qui s'éveille, les rires, les au revoir, les claquements de portes. Je pense à Zac. J'essaie de le chasser de mon esprit, mais son image s'impose comme le sceau de ma culpabilité. Je vois son beau sourire charmant, ses yeux emplis d'une violence sourde. Je m'apprête à tout foutre en l'air. Je ne peux pas faire autrement. Je ne peux pas refuser ce qu'Antoine semble vouloir m'offrir. C'est oui. À n'importe quel prix.

Antoine. Je décroche le téléphone au bout d'une dizaine de sonneries. C'est Julien.

— Quelle heure il est ?

Je jette un œil furtif à mon réveil.

— 17 h 32, Julien...

En guise de merci, ce connard me raccroche au nez. Ma première pensée est pour Zac, que je revois au petit matin, dans la voiture de Roger, alors que je suis à quelques mètres de lui, en train d'accomplir ce qu'il craint le plus au monde : j'essaie de me taper Moïse. J'ai volé à Zac une image de lui véritable. Celle d'un être dont la vie est enfermée dans une nuit morose.

Et là, alors que je me trouvais dans cette Mercedes, étouffant Moïse de toute l'envie que j'avais d'elle, j'ai éprouvé l'urgence d'aller vers lui et de lui demander de me pardonner d'être incapable de le sauver.

Puis tout est allé très vite. Nathalie a redémarré, et Zac avait disparu. Il avait disparu aussi vite que ça. Et plus il disparaissait, plus j'étais certain que, malgré toute mon affection pour lui, je pouvais le rayer de mon existence aussi aisément que cette voiture démarrait en trombe. Il me suffisait d'accélérer un peu pour le perdre à jamais. Et, au fond, n'est-ce pas ça qu'il me faut ? Perdre Zac et trouver Moïse ?

Moïse. Je retrouve Zac au Paradis. Il me dit qu'il est dans la merde, qu'il lui manque du fric pour partir à Venise, qu'il faut qu'il trouve cinq mille balles de toute urgence, qu'il est même prêt à vendre tous les CD de son frère, parce qu'il a trop envie de foutre le camp de ce trou. L'idée de vendre les siens d'abord ne semble pas l'avoir effleuré.

— Qu'est-ce que t'as foutu, hier soir, je t'ai appelée ? demande-t-il avec la mine qui s'assombrit.

— Moi ?... Pas grand-chose. Je suis allée l'anniversaire d'une copine, dans une boîte échangiste.

— Seule ?

— Avec une autre amie.

— Je savais pas que t'avais tant d'amies, lance-t-il avec la grimace sardonique et cruelle qui lui sert si souvent de sourire. C'est bizarre, parce que je n'ai pas réussi à trouver Antoine...

— Et alors ? Je vois pas le rapport avec moi.

Zac gonfle ses joues d'air et adopte une mine de cafard écrasé. À cette minute, il se sent très kafkaïen, le bullshit en sus.

— Qu'est-ce que t'as, Zac ? Il y a un truc qui va pas ? je l'interroge avec finesse.

— J'ai un problème avec vous deux, déclare-t-il gravement. J'aimerais pas me rendre compte que vous vous êtes foutus de ma gueule.

Bien que très mal à l'aise, je lui offre une mine sereine et irréprochable. La mine de la félonne que je suis.

— Vous deux qui ? je m'exclame farouchement éberluée.

— Arrête, Moïse, ne me prends pas pour un idiot, dit-il, je suis sûr qu'Antoine a quelqu'un en ce moment et il est paresseux, il n'irait jamais chercher quelqu'un qui serait trop loin de lui. Donc ce quelqu'un ne peut être que toi ! ajoute-t-il, histoire d'aggraver mon dysfonctionnement de conscience.

— Pourquoi moi ? je demande complètement terrifiée, comme si on m'avait choisie arbitrairement pour passer à la torture. Je t'assure que j'étais dans une boîte échangiste ! Je rêve ou t'es en train de m'accuser d'avoir passé la soirée avec Antoine ! Ce que tu fais est tout bonnement injuste !

Au fond de moi, très au fond de moi, dans les catacombes de mon âme, j'éprouve très intensément l'évaporation de mes vieux restes de bonne conscience. En gros, à cette minute, j'incarne la plus grosse faux cul du cosmos. En plus de ne pas me montrer honnête, ce que je pourrais certainement me pardonner, je tente à tout prix de culpabiliser Zac. Subitement j'ai envie de tout lui avouer, mais la peur de le perdre m'en dissuade aussitôt. Je me pose quelques questions, dont les réponses tourneront grossièrement à mon avantage.

Merde, ne faudrait-il pas, de temps en temps, remettre les pendules à l'heure ? Oui.

Est-ce que Zac a déjà baisé avec Antoine ? Non.

Est-ce que j'ai déjà baisé avec Antoine ? Non.

Lui est-il seulement arrivé de le sucer ? Non.

M'est-il seulement arrivé de le sucer ? Non.

Ont-ils eu ensemble un contact intime qui laisserait présager pour Zac une conclusion heureuse ? Non… Enfin, pas que je sache.

Avons-nous eu ensemble un contact intime qui me laisserait présager une conclusion heureuse ? Non !… Enfin, plus que lui.

Y a-t-il une chance, même infime, pour que Zac parvienne à ses fins ? Oui, mais dans des circonstances purement accidentelles.

Y a-t-il...

— Finalement, je ne sais pas trop quoi penser de toi, m'interrompt-il en me sondant très intensément du regard.

— Contente-toi de penser ce que tu as toujours pensé ! je rétorque, maintenant tout à fait lourde. Je ne savais pas que tu te posais ce genre de questions à mon sujet. Je croyais que c'était évident, je dis en soustrayant mon regard embué au sien.

Nous nous taisons, car, subitement, nous nous sentons communs et médiocres, et semblables à tout ce qui se vit dans cette existence. Et le fait d'avoir cru un moment nous être dégagés, par un chemin de traverse, de tout ce qui se vit dans cette existence, nous rend plus dur cet atterrissage forcé dans le petit monde de l'humanité.

— Et ça peut peut-être te sembler niais ce que je vais te dire, mais écoute. Peu importe qui baise avec qui. C'est un détail. C'est presque risible que tu t'en soucies tant. Nous parlons la même langue, tous les trois, et c'est si rare, tu le sais, tu as suffisamment vécu pour l'avoir appris. Zac, je t'en prie, ne piétine pas une chose aussi précieuse pour des principes à la con, des peines de boniches qui passeront. Car forcément tu les oublieras, parce qu'elles ne valent pas grand-chose. Et tu le sais au fond, qu'elles ne valent pas grand-chose. En revanche, ce qui ne passera pas, c'est nous trois. C'est le royaume que nous aurons établi pour nous. Et ce royaume nous fera grandir et nous protégera de ces principes à la con, de ces peines de boniches. Réfléchis à ce que tu fais, Zac, car très vite ça deviendra trop tard pour le royaume et la féerie ! Je ne dis rien de tout ça. Je me contente de le penser en regardant la beauté de l'histoire se faner dans la brume des suspicions.

— Tout ça est ridicule, en vérité, finit par dire Zac, laissons courir, tu veux ? Je suis crevé, je vais rentrer.

— Moi aussi, je vais rentrer. Tu as raison, laissons courir, je parviens à articuler malgré l'angoisse qui m'étreint et le fait que je pense exactement le contraire.

Antoine. Ne pas oublier de rajouter dans ma prochaine liste de choses qui transformeraient ma vie en une vie décente :

— Moïse tombe folle amoureuse de moi.

— Zac est ravi que Moïse tombe folle amoureuse de moi.

— Moïse est ravie de tomber folle amoureuse de moi.

— Mon père oublie toute notion liée au travail.

Les placer avant :

— Ma mère arrête d'écouter les disques qu'elle achète à l'hypermarché.

— Ma mère arrête d'acheter les disques qu'elle écoute à l'hypermarché.

Zac. Après une nuit blanche à ressasser mes désillusions, je quitte mon lit, plein d'une solitude assassine, et vais déambuler le long des allées grouillantes du marché de l'avenue Malausséna. La gare du Sud n'est plus qu'un squelette aux vitraux éventrés par le vent et l'abandon. Elle trône, grise comme une morte, au milieu de cet espace bouillonnant de bruit et des couleurs des fruits d'été. J'achète une livre de fraises et vais m'asseoir sur un banc pour les déguster tranquillement. Je reconnais la silhouette de Gaspard parmi les badauds. Trop tard pour m'esquiver.

— Moïse va bien ? demande-t-il illico.

Je comprends qu'il espère une réponse négative. Je ne suis pas d'humeur à lui faire ce plaisir.

— Ouais, ça peut aller... Tu veux une fraise ?

— Non, je suis allergique. Ça te dit d'acheter des ecstas ?

— Je savais pas que tu en vendais.

— C'est Renaud qui m'a mis dans la combine.

— Ah, Renaud, je le connais. C'est un gars sympa, j'ajoute, complètement incrédule.

Un gars très sympa, drogué à mort. Une nuit, il m'avait montré un svastika tatoué sur son biceps saillant. Cette gueule d'enfant de chœur avec cette croix gammée sur le bras, ça m'avait littéralement fait frémir. Je m'étais dit à l'époque que je n'aurais pas aimé tomber sur lui à Coco. Peu de chances que ça arrive, il aurait certainement préféré être juif que pédé. Ça reste à vérifier. Il m'avait dit qu'il regrettait. J'avais demandé pourquoi. Il ne savait pas. Conte cruel de sa jeunesse.

— Non. Vraiment non. J'en ai déjà, je dis finalement.

— Ah ouais, qui te les a refilées ? me questionne-t-il d'un air très pro, genre je veux m'informer sur la concurrence.

— C'est Je suce.

— Ce connard d'intello prétentieux ?

— Ouais, c'est lui.

À choisir, je préfère les acheter à un con d'intello prétentieux plutôt qu'à un con ex-néo-nazi, même repenti.

Malgré son sanglant coup de boule, j'éprouve de la sympathie pour Gaspard. Depuis que Moïse l'a lâchement largué, il me fait l'effet d'un gentil chien que ses maîtres ont abandonné sur une aire d'autoroute pour pouvoir prendre des vacances dans leur camping préféré. Phénomène d'identification. Pressentiment que je serai le deuxième chien qu'elle abandonnera.

— Sinon toi, ça va ? Tu tiens le coup ? je m'enquiers comme si Gaspard s'était réellement réincarné en labrador.

Lorsque je me décide à rentrer, je trouve Julien en train de mater le télé-achat. Depuis quelque temps, sa seule obsession consiste à commander tout ce que cette émission peut proposer comme conneries inutiles. Julien ne se sert d'aucune des choses qu'il se fait envoyer. Il ne daigne même pas défaire les emballages. Il se contente d'amasser les boîtes dans sa chambre. Il lui arrive de recommander dix fois le même produit. En tant qu'illustre rentier de la Cotorep, il s'accorde le moindre caprice, tandis que, mes parents et moi, on se contente de vivre à la limite du seuil de pauvreté.

Une bonne dizaine de minutes après mon arrivée, Julien réalise enfin qu'un malotru s'est sournoisement introduit dans la pièce. Il met encore une bonne dizaine de minutes avant de réaliser que ce malotru se trouve malotrusement être son frère. Il émet un vague « Euh... » et demande l'heure.

— Je sais pas. Tu m'emmerdes.

Il se met à hurler.

— Une heure du matin, je dis, juste pour que ça s'arrête.

L'abruti !

Moïse. La sonnerie du téléphone m'a arrachée à un rêve torride dans lequel Damon Albarn me suppliait de baiser avec lui et moi j'acceptais uniquement pour lui faire plaisir. J'ai décroché le combiné, encore emplie des braises du sémillant Damon. J'ai reconnu la voix traînante de Julien.

— L'heure ? a-t-il lâché avec des gloussements débiles.

J'ai jeté un coup d'œil au vieux réveil digital et j'ai réalisé avec soulagement que l'après-midi était passé.

— 17 heures 07, j'ai répondu un peu brutalement à cause de mon rêve avorté.

— Secondes ?

— Va te faire foutre !

J'ai balancé le combiné n'importe où. Je ne pouvais pas faire preuve d'amabilité envers un type qui, de toute évidence, me confondait avec une crétine de l'horloge parlante, alors qu'il n'y avait pas quelques secondes j'étais la plus belle fille du monde entre les bras de Damon Albarn.

Comme j'étais réveillée, j'ai décidé d'aller faire un tour. J'ai enfilé un jean et un tee-shirt à la va-vite et suis sortie. Au coin de l'avenue Jean-Médecin et du boulevard Victor-Hugo, je suis tombée sur une fille que je n'avais pas revue depuis le lycée, un lycée privé qui accueillait les illettrées dans mon genre.

— Ça va ?

— Ça va, et toi ?

— Ça va…

— Alors, qu'est-ce que tu deviens ?

Ses cheveux blonds étaient ternes. Elle n'était plus la belle jeune fille futile qui se tapait le prof de philo. Cette impression fugace remettait en évidence ma propre fraîcheur perdue.

— Rien, j'ai dit après mûre réflexion.

— Comment ça, rien ? Qu'est-ce que tu fais ? a-t-elle demandé, perplexe.

— Je te l'ai dit. Rien, rien du tout, j'ai déclaré, tout à fait sûre de cette réalité.

— Tu dois bien faire quelque chose ? Il faut bien gagner sa vie !

Je n'ai pas cherché à la convaincre. Je l'ai simplement regardée comme on offre une vérité trop crue.

— Moi, je travaille chez mon père, je vends de la haute-fidélité, m'a-t-elle informé, avec ce ton enjoué de quelqu'un qui considère qu'il est plus digne de passer sa vie à vendre des téléviseurs qu'à ne rien faire.

— C'est bien… j'ai lâché, absente.

— Bon, ben, salut Clara.

— Salut… Clara est la fille qui a fini la tête broyée entre un trottoir et un pneu Goodyear pendant l'année de terminale, c'est pas moi, j'ai fini par articuler alors que l'autre se trouvait déjà loin.

J'ai foncé dans une librairie, où j'ai taxé un livre au hasard. Juste pour sentir un peu d'adrénaline.

Un message succinct de Zac m'attendait sur mon répondeur : « Rejoins-moi au Paradis. » J'ai trouvé ça beau.

Gagner sa vie…

Antoine. Je marche le long de la plage. La température stagne encore au-dessus des 25°. C'est la première journée du mois d'août. La lumière n'est qu'un tissu dense de clarté. C'est le genre de journée où l'existence devrait subitement apparaître parfaitement simple et sereine. Je gravis d'un pas de vieillard les escaliers qui mènent au Château. Le vert des pins parasols éclate dans la pureté du bleu. Je ne connais rien d'aussi beau que le ciel de Nice. Nice aujourd'hui m'apparaît comme la plus belle ville du monde. Un vent léger balaie la Méditerranée, qui lâche paisiblement son écume. Je me mets à fixer un petit point sur la mer, le scintillement du soleil sur le mouvement des vagues me rappelle une toile de Jackson Pollock. Toute cette beauté m'émeut et je pense à Moïse, parce qu'elle est la seule personne sur terre avec laquelle j'aimerais partager ça. Je suis foutrement accro. Au point de ne pas pouvoir envisager de continuer d'exister sans elle.

Il y a Elle il y a Zac il y a Moi il y a à faire et à défaire et à refaire et que faire de Nous ?

Moïse. La nature du doute qui m'assaille à cette minute :

1) Je trouve Antoine irrésistible, tout simplement parce qu'il est assez cinglé pour me trouver irrésistible et que c'est assez rare pour que cette idée

m'emballe au point de ne plus pouvoir me passer du seul regard sur terre qui me trouve irrésistible.

2) Je le trouve irrésistible parce qu'il est irrésistible (beau, drôle, spirituel, intelligent) et, de cet irrésistible point de vue, je ne vois pas pourquoi je ne le trouverais pas irrésistible uniquement parce que moi je ne le suis pas (irrésistible).

Avant de rencontrer Antoine et Zac, je pensais que la vie n'était qu'un long chemin très ennuyeux, déficitaire en désir, en exaltation, en légèreté. Et j'ai même failli me résoudre à vivre de si peu d'attentes, m'habituant à errer dans ce désert.

Maintenant les désirs s'accumulent, se bousculent, et mon désert est une capitale urbaine nocturne et tonitruante et je me sens manquer de courage, car tout à coup il faut que je sorte, que j'aille à la rencontre de cette ville, que je marche dans les rues, que je n'aie pas peur de m'y perdre.

Et ce retour à la vie est un choc, et ma peur s'accompagne d'un besoin frénétique de tout absorber et Zac et Antoine et de la façon qu'ils le voudront, car le résultat sera le même, je les aimerai tous les deux et ces deux-là me comblent et pourquoi ne chercherais-je pas à être comblée tout à fait plutôt qu'à moitié et qui a dit que la vie était plus belle à deux plutôt qu'à trois ?

Antoine passe me chercher pour aller à la Villa Arson.

— J'ai pensé à toi toute la journée, déclare-t-il sur un ton neutre.

— Vraiment ?... Et Zac, où est-il ?

— Il nous attend là-bas.

Ce soir, je me sens belle. C'est encore l'un de ces soirs où j'arrive à me mentir suffisamment pour me sentir belle. Et c'est encore l'un de ces soirs où il va suffire que j'aperçoive une fille qui elle l'est réellement, pour que je me remette immédiatement à ma place. Pour l'instant, il n'y a que lui et moi dans cette voiture, et je crois ferme que je suis la plus belle fille de l'univers.

— Cette jupe te va bien…

— Merci.

J'observe ses mains cramponnées au volant. Ses doigts longs, fermes, intacts, faits pour la paresse et le plaisir. Et, aussitôt après, je contemple discrètement les miennes, prolongées par dix hideux petits boudins. Je pense à ce que peut bien me vouloir ce type si pourvu en beauté. Cherche-t-il auprès de moi un contraire admiratif ? Je le suis devant sa beauté, une vraie beauté, de celle qui suscite l'émoi, le chavirement. Cette beauté dont je n'ai jamais eu la chance de jouir et dont pourtant je n'arrive pas à faire le deuil.

— Tu l'as achetée où ?

— Quoi ? je dis, revenant à moi.

— Ta jupe ?

— C'est Gaspard qui me l'a offerte peu avant que…

— Que ce soit fini.

— C'est ça. Il se faisait une joie de me faire ce cadeau. J'aurais dû le refuser.

— Tu sais, c'est rare que je pense à une fille de cette façon. D'habitude, j'ai plutôt tendance à ne penser qu'à moi, déclare-t-il. J'ai très envie de baiser avec toi…

— Les gens de ton espèce croient toujours que les autres passent leur vie à fantasmer sur eux, je dis, un peu sonnée par la brutalité de sa proposition.

— Et alors, ils se trompent ?

Son regard s'attarde sur moi et, en une seconde, je me perds en lui et je sais que c'est ça que je veux, me perdre en lui, même si je dois y laisser des plumes.

— Non. Ils ne se trompent pas. Mais j'ai bien peur qu'ils adorent laisser des ruines fumantes derrière eux, je déclare, si troublée que j'en bafouille.

— Tu n'entends pas ce que je te dis. Je te dis que j'ai pensé à toi toute la journée.

Roméo gare son Alfa sur le bas-côté d'une rue déserte. Il enclenche le *Spookie* de Lush, qui vient de sortir sur le label 4AD. En même temps que je me laisse pénétrer par ce corps étranger et si beau, j'écoute et épouse les variations de cette mélodie qui me broie le ventre et l'âme. Et je ne sais plus si ce sont les gémissements des guitares ou simplement sa queue intrépide qui m'amène à la jouissance, et qu'importe puisque les deux s'accordent bien, tout ce que je sais, c'est que je n'ai plus aucun doute sur le fait d'être la plus belle fille du monde.

Lorsque nous arrivons, Zac se tient devant la grille de la Villa Arson. Aveuglé par la puissance des phares, il met son bras devant ses yeux. Des gens très lookés ralentissent pour le saluer. Mais lui ne voit que nous. Nous deux dans cette voiture et lui enfermé dehors, dans la nuit étoilée de jalousie.

Vêtu d'une chemise échancrée et d'une veste de smoking, il s'avance jusqu'à nous d'un pas alerte. Avant de s'extraire de la voiture, Antoine m'adresse un sourire serein, presque heureux.

Zac sort trois ecstas d'une boule de papier aluminium et nous en offre un à chacun, sans même se fendre d'un salut, comment ça va ?

— Combien je te dois ? je demande en essayant de capter son regard fuyant.

— Rien. Cadeau !

— Qui est-ce qui te les a refilées ?

— Je suce.

— Tu rigoles ?

— Est-ce que j'ai l'air de rigoler ? reprend-il sèchement.

Zac. Nous pénétrons dans l'immense entrée de style Bauhaus. J'empoigne Moïse par le bras en prenant soin d'ignorer Antoine, qui se contente de nous suivre dans une totale légèreté. J'essaie de me montrer détendu malgré le fait que je sois aux abois, malgré les questions que je me pose à leur sujet, malgré les réponses qui s'aiguisent comme des lames de couteaux et s'apprêtent à me trucider.

— Alors qu'est-ce que t'attends pour gober ? je lance à Moïse.

— Un verre, Zac !... J'attends un verre !

Nous sinuons parmi la foule, jusqu'au bar. Moïse gobe son X à l'aide d'une gorgée de bière. Antoine va faire un tour aux toilettes. Alex vient à notre rencontre. Il embrasse chaleureusement Moïse, qui examine d'un œil éberlué son immonde short en jean et ses jambes velues. Alex semble toujours tenir à apparaître attifé comme le plouc de service. À croire qu'il ne souhaite pas renier totalement sa première peau.

— Est-ce que vous avez vu toutes ces œuvres d'art ? nous lance-t-il sur un ton volontairement emphatique.

On déploie un large sourire pour bien lui signifier qu'on le trouve extrêmement drôle, puis on se balade avec lui entre les diverses installations. L'une d'elles représente un mannequin en plastique, complètement nu. À la place du sexe, l'artiste a collé une pomme golden comestible. L'œuvre est intitulée « *La pomme d'Adam est périssable* ». Nous rions devant une imposture si grossière. Alex nous désigne l'artiste, posté un peu plus loin. C'est un Asiatique looké futuriste. Alex le défie du regard, ce qui laisse deviner un contentieux de rivalité entre artistes pourris, puis arrache sauvagement la pomme du sexe du mannequin et la croque à pleines dents. L'artiste asiatique met un temps à réagir tant il reste sidéré que quelqu'un ait osé profaner son œuvre. Puis, furieux, il fonce sur Alex, qui lance la pomme très loin derrière lui en disant sur un ton hyper-snob : « L'art fout le camp ! »

Les gens autour de nous s'indignent en voyant l'artiste courir après son œuvre, tandis que nous entrevoyons l'urgence de nous fondre dans la foule avant qu'il l'ait retrouvée.

Antoine finit par nous rejoindre. Il salue Alex avec une légère pointe de condescendance. Alex se contente de l'ignorer. Antoine réunit trop de qualités pour plaire à Alex, et Alex pas assez pour plaire à Antoine.

Je suis en montée d'X, mes angoisses s'évanouissent et laissent place à l'euphorie. Je glisse dans ce monde, parmi ces artistes, comme sur une mer de glace qu'aucun obstacle ne viendrait obstruer. Tout y est pur, blanc, virginal. Moïse et Antoine arborent la même grimace idiote que je pressens chez moi. Alex se dérobe discrètement. De se voir si médiocre à côté d'Antoine lui est tout bonnement insupportable.

Un mec se précipite sur moi et me lance, très agressif :

— Faut vraiment être un super-ringard pour oser encore porter un tee-shirt des Smiths !

Le plus bizarre, c'est que ce soir je n'en ai pas mis. Je me contente de lui sourire et d'acquiescer mécaniquement de la tête. À ce stade de la montée, je suis incapable de sortir un quelconque son pour cause de zygomatiques bloqués. Je sens la nécessité de m'asseoir, avant d'être noyé par un raz-de-marée de sensations fortes.

On chemine jusqu'aux escaliers, d'où l'on domine toute la salle. Les gens sont flous. Je les vois comme une masse sombre et mouvante. Le beat exalté de la techno accentue cette vision imprécise. Je sens la tête de Moïse sur mon épaule et la main d'Antoine sur ma cuisse. Je la fais remonter au niveau de ma bite. Il n'y voit pas d'objection puisqu'il ne la retire pas. J'embrasse Moïse. Elle me rend un baiser plein d'ardeur. Nous sommes là, tous les trois. Jouisseurs, seuls au monde. Futurs rescapés d'une planète moribonde. L'ecstasy est un miracle.

Gaspard tente de s'infiltrer sur notre île irisée.

— C'est beau l'amour ! lance-t-il sur un ton sarcastique, avant de s'éloigner.

On ne répond pas. On se protège des autres, sans avoir pour moteur le dépit. Le dépit est un sentiment qu'on ignorera jusqu'à demain matin.

Alex s'est incrusté derrière les platines, aux côtés des stars du moment, les DJs. Il ne se laisse pas voler la vedette aussi facilement.

Tout en moi finit par s'apaiser. Je reprends progressivement mon souffle. Un type immense, entièrement vêtu de noir et perché sur des talons compensés, monte sur une estrade. Son allure batecave est effrayante, mais le personnage qu'il a créé est intéressant. Il se fait appeler Spike. Comme Alex, Spike est résident de la Villa Arson. Alex le hait, car il est non seulement beaucoup plus charismatique, mais surtout beaucoup plus talentueux que lui. J'observe Alex contempler Spike en train de faire son show sur l'estrade. Ce dernier a un gode à la main et se l'enfonce dans le cul devant le tapis de gens médusés, qui se disent que Spike est vraiment un être unique. Alex réalise avec aigreur que sa soirée est vraiment ratée. Ce qui restera de cette nuit n'est pas l'artiste asiatique courant après son œuvre, mais Spike, s'enfonçant un gode dans le cul. Il feint de porter la plus grande attention à ce que lui raconte le DJ, mais il ne parvient pas à faire le mec dégagé. La haine l'a cerné et s'apprête à le submerger. Et, comble de son malheur, l'artiste asiatique outragé vient lui casser la gueule dans l'indifférence générale. Je ne me sens pas triste pour lui. Je me concentre sur les gens que j'aime, pour lesquels j'éprouve du désir. Les autres, je ne veux pas les regarder. Surtout pas ce soir.

Antoine. Je me sens libre, quelle sublime illusion ! Mon corps est délivré de la peur de dépérir. Ce soir, je suis éternel, désinhibé. Tous les autres me semblent beaux. Je recrée une société parfaite, où la moindre faute de goût n'est pas envisageable. Tout est chaud, orange et bleu. Température parfaite. État d'apesanteur exquis. L'X est un miracle. C'est ainsi que nous devrions vivre tous les jours.

Je les invite à me suivre aux toilettes. Ils s'exécutent sans poser de questions. Sans nous parler, nous créons un lien qui a du sens, celui du plaisir. J'évolue dans un monde ouaté, parfaitement accordé à mes envies. Mon corps est protégé des agressions, du bruit. Je suis feutré-cosy. J'ai envie de me servir des moindres recoins de ma peau, du comble de mon cul.

Notre jardin d'Éden sera l'exiguïté d'une latrine. Cette nuit est parfaite.

Moïse. Ils ont baisouillé comme des enfants maladroits. Je n'ai rien fait. Me suis contentée de fixer un carreau de faïence poisseuse avec ce parfum de vétiver qui empoisonnait mes narines. Subitement j'avais la trouille. La trouille de perdre Antoine. Le pressentiment de mes propres dérapages incontrôlés. Finalement, je me suis laissée tomber sur les chiottes et j'ai pissé. Leur queue à portée de bouche. Ils se branlaient à fond. Furieusement. Comme s'il y avait urgence. De vivre tout. Simplement. Cette situation me dégoûtait. Je pensais pouvoir l'assumer dans le seul but de combler Zac. Maintenant j'avais juste envie de lui casser la gueule. J'aurais tout donné pour qu'il disparaisse d'un simple claquement de doigts. J'avais trop regardé la télé. Dans la vie, ça ne se passe jamais comme ça. La vie préfère les souvenirs amers et la moiteur du pourrissement. J'ai repensé à ce morceau de Lush, *Untogether*, à cet incroyable moment dans la voiture. J'ai repassé tout le morceau dans ma tête. Il résonnait déjà comme une vieille mélodie, vestige d'une heureuse fulgurance qui ne se répéterait plus jamais. J'en étais convaincue. Une jeunesse dans les années 1980 avait muselé mon cœur, dompté l'espérance. Mes chansons préférées ne parlaient que d'amours trahies, inassouvies, mortes. J'avais vieilli avec elles. Malgré la nausée et la rage qui montaient en moi, j'ai trouvé la force de ne pas exploser. Je me suis relevée et je suis partie sans dire un mot. Ce petit espace puant était censé réunir tout ce que je désirais de la vie. Antoine et Zac. En quelques semaines, ils étaient devenus mon espace, mon temps, ma respiration. Et j'avais cru que la puissance de cette émotion la rendrait irréductible et narguerait le temps qui s'occupait déjà de nous désunir.

Forte de mon éternité fissurée, je suis retournée m'asseoir sur les escaliers. Alex avait repris la musique en main. Pop 80's pédé. Marc Almond, Erasure, Dead or Alive, Depeche Mode. Et je me suis dit que pour une fois je partageais quelque chose avec Alex, mais ce n'était que de la nostalgie.

Sur la piste, Je suce draguait une superbe noire habillée en Chanel. Elle semblait le trouver pas mal, parce qu'elle l'écoutait avec une extrême attention. Elle devait se dire que, si elle voulait avoir accès à quelque chose de plus intime, il fallait nécessairement en passer par Joyce, qu'elle devait prendre pour un chanteur *indie*. Je suce débordait de vanité à l'idée d'avoir un ticket avec une telle créature. Pour un type dans son genre, se taper une Black était aussi exceptionnel que d'entreprendre l'escalade d'une face du mont Blanc ou de devenir moine bouddhiste dans un monastère du Tibet. Elle s'est mise à danser devant lui en jouant de sa silhouette gracile avec une adresse suspecte. Elle faisait bien attention à se placer sous le feu d'un spot pour qu'il constate à quel point ses fesses étaient fermes et rebondies. Lui, il jubilait, il anticipait sur sa nuit, tandis que je décelais sous les traits de cette superbe noire un gros travelo noir. Du coup, je me suis mise moi aussi à jubiler. Je suce ne s'en rendrait pas compte avant de faire face à un énorme vit et à une croupe velue. J'aurais payé cher pour voir sa gueule recouvrer un peu d'humilité. Mais j'allais forcément devoir me contenter d'un compte rendu très édulcoré de la victime.

Ils sont revenus bras dessus bras dessous, avec leur sourire à la con. Ils semblaient satisfaits du moment qu'ils venaient de passer. J'ai essayé de jouer la fille cool, celle que j'avais toujours prétendu être pour avoir l'air moins pitoyable, moins triste. Mais je n'étais pas cool. Je n'avais jamais été cool. Et maintenant, j'étais amoureuse. Je voulais mon histoire à moi. Je ne voulais la partager avec personne, pas même avec Zac. Je voulais l'absolu. Mais j'étais incapable d'y croire.

Ils se sont assis à côté de moi sans même s'enquérir des raisons de mon départ précipité. La drogue leur avait permis d'atteindre le sommet de la montagne magique. Considéré de tout là-haut, mon cas devenait insignifiant. J'avais le cœur gros et les mâchoires serrées. Zac m'a proposé un peu de sa bière avec un air mutin. Je m'en suis emparée brutalement et l'ai vidée d'un trait.

— Ça va ? Vous vous êtes bien amusés ? j'ai demandé en lui rendant le verre vide.

Antoine et lui se sont simultanément retournés vers moi, comme dégrisés par le ton glacial de ma question.

— Pas mal. Même si ton départ a un peu refroidi les choses… a déclaré Zac, provocateur. Inutile que j'entre dans les détails ?

— Moïse, qu'est-ce qui ne va pas ? a demandé Antoine, la voix subitement éraillée par l'angoisse.

Il dégringolait à la vitesse grand V. Sa montagne magique n'était qu'un château de sable balayé par mon vague à l'âme. Il a posé sa main sur la mienne. Je l'ai retirée d'un geste électrique. Il avait tout gâché.

— Vous me dégoûtez ! J'ai envie de vomir !

— Qu'est-ce qui te prend, t'es folle ? a repris Zac, presque hilare.

— Vous savez, quoi ? Restez entre vous, vous vous ressemblez tellement ! Moi, je me casse !

Antoine a essayé de me retenir par le bras. Il répétait mon nom comme une supplique. Je suis retournée aux toilettes pour me passer de l'eau sur le visage. La tête me tournait. Titubante face à la glace, je me suis mise à détailler ma face cubiste et mes yeux rougis, usés par le temps et les histoires. J'ai essayé de me souvenir à quoi je ressemblais avant. Avant de rencontrer Zac, avant de tomber amoureuse d'Antoine, avant d'être revenue de tout, trop vite. Au pays des êtres j'avais pourtant si peu voyagé. C'était déjà l'overdose.

Derrière moi, l'affolement montait en cris et gestes désordonnés. Des types de la sécurité cassaient la porte des toilettes pour en sortir une fille qui s'était ouvert les veines. J'ai préféré ne pas me retourner. Mais je voyais la scène à travers le miroir. Il me renvoyait l'image de cette fille évanouie, son tee-shirt blanc maculé de sang. Une fille très belle, les poignets rouges, le cœur brisé. Tout comme le mien. J'ai décidé de foutre le camp.

Gaspard était adossé à la grille de la villa. Il fumait une cigarette en sondant le vide. Il était sûrement venu à la soirée pour me voir. Notre rupture le faisait suffoquer. Maintenant il espérait pouvoir me parler comme on cherche de l'oxygène. Je connaissais la chanson par cœur pour l'avoir trop fredonnée. J'aurais voulu lui montrer plus de tendresse. Faire un geste qui l'aurait soulagé quelques secondes. Quand on est dans cet état, quelques secondes ont la couleur de l'infini. Entre nous, ça n'avait pas collé. Mais Gaspard était quelqu'un de bien. Un type capable de donner de l'amour. Pouvais-je en dire autant ?

Au nom de l'histoire, au nom du souvenir, ce geste était à ma portée. Pourquoi est-ce que je faisais exactement le contraire ? J'ai poursuivi mon chemin sans le regarder.

— Où tu vas ? m'a-t-il questionné, très agressif.

Il s'est mis en travers de ma route.

— Je vais prendre l'air...

— Je t'accompagne, a-t-il dit en m'emboîtant le pas.

— J'ai envie d'être seule, alors laisse-moi tranquille. C'est pas le moment.

— Tu crois que tu me laisses tranquille, toi ? Ça te fait jubiler de te la jouer odieuse, hein ?

D'une bourrade sur l'épaule, il m'a fait trébucher en avant. Je me suis retournée pour le frapper, mais il s'était déjà éloigné.

— T'es qu'un sale connard ! j'ai hurlé en pleurant.

— Qu'est-ce que tu croyais ? Tu penses que tu peux faire du mal aux gens impunément ? Pour qui tu te prends, pétasse ! Tu crèveras seule !

Sa voix s'est brisée. Ses insultes me parvenaient du lointain. Le très lointain de mes souvenirs moribonds. J'avais hurlé ça aussi. C'était bien avant lui. L'amour est une pute cynique.

Je me suis enfoncée dans la nuit en essayant de rassembler mes esprits. J'ai filé droit vers la mer. Combien de fois m'étais-je retrouvée dans cette situation ? À traverser Nice, la nuit, le cœur en larmes. À croire que tout finit toujours par mal tourner.

À quelques centaines de mètres de mon immeuble, une voiture a ralenti à ma hauteur. J'ai accéléré le pas en évitant de regarder sur ma droite. La voiture calquait son rythme sur le mien. La vitre s'est baissée lentement. Une voix familière m'a appelée Mouise. Une voix que je n'avais jamais pu oublier. Ça faisait pourtant si longtemps qu'elle n'avait pas résonné dans mon espace vital. Il y a dix ans, j'aurais tout donné pour que cette rencontre impromptue ait lieue. Un temps trop long à exister avec un goût d'avorté dans la bouche et l'image lamentable que j'ai de moi. Où étais-tu toutes ces années, bon Dieu ? Pourquoi n'as-tu pas su me reconnaître ?

Je me suis arrêtée pour le regarder. Je n'ai rien dit. Je me suis contentée de m'engouffrer dans sa Triumph. Il n'a fait aucune remarque, il a juste démarré.

« Love is Just a Miserable Lie » emplissait l'habitacle comme un hymne au hasard de notre rencontre. Cette nuit amère sous ecstasy m'autorisait à vivre ce misérable mensonge.

Zac. Avec Antoine, dans sa voiture pleine du parfum de Moïse. Tout le long du trajet, il ne lâche pas un seul mot. Je jette une canette de bière par la fenêtre et en récupère une autre sur le siège arrière. L'album de Lush tourne à fond. Antoine éteint le poste d'un air agacé. Je ne proteste pas.

— Tu dis rien ?

— J'ai rien à dire. Je suis crevé.

Nous avons passé la fin de la nuit à la chercher. Il était dans tous ses états lorsqu'il a vu cette fille qui avait tenté de se suicider se faire brancarder par les pompiers. Il a cru que c'était elle. Pourquoi tenterait-elle de mettre fin à ses jours ? Cette fille n'a pas une once de tragique en elle.

— T'es amoureux, c'est ça ? Vous êtes ensemble ? Dis-le, je peux tout entendre, au point où on en est. Elle s'est cassée parce qu'elle était jalouse, hein ? T'es en train de paniquer, tu te demandes si tu l'as perdue. Tu te demandes comment tu pourrais te débarrasser de moi, hein ? Vas-y ! Te gêne pas ! J'en ai rien à foutre ! Vous m'avez bien eu, bande de salauds !

— Ta gueule, Zac ! Je te dois rien du tout ! Aucune explication ! C'est de ta faute, tout ça ! Je te laisserai pas faire... Je te laisserai pas m'entraîner dans ta merde ! hurle-t-il.

— La façon dont tu te comportes avec moi est franchement gerbante, je lance franchement en rogne.

— Garde tes doléances pour une autre fois. Allez... bonne nuit, se contente-t-il de dire, une fois en bas de chez moi.

Je ne bouge pas. Je ne peux pas me résoudre à le quitter de cette façon.

— Écoute...

— Bonne nuit, répète-il, les mâchoires serrées.

Il se penche sur moi et ouvre ma portière. Je le toise avec insistance, mais ses yeux sont comme deux murs infranchissables.

— Casse-toi, Zac !

— Tu me fais chier ! je crie avant de claquer la porte.

Il démarre en trombe. Je rentre, accablé. Je m'étends tout habillé sur mon lit défait et je chiale comme un gosse, parce que demain il va falloir se lever et affronter tout ça, encore, ma solitude, l'amertume, la merde.

— Qu'est-ce qui ne va pas, Zac ? s'enquiert ma mère, immobile dans l'encadrement de la porte.

— Rien, maman, ça va, je dis, surpris par sa présence. Je suis fatigué, c'est tout.

Elle se fait une place sur le bord de mon lit, tout près de moi. Elle se penche, fouille l'obscurité de ses yeux inquiets pour y débusquer mes larmes, preuves infaillibles de son instinct maternel. Son visage est froissé par la vie. Elle a vieilli. Je suis vieux. On morfle tous les deux. Mais chacun pour soi.

— Tu sais que tu peux tout me dire, murmure-t-elle avec douceur. Qu'est-ce qui ne va pas ?

Incapable de lui faire face sans éclater en sanglots, je me retourne vers le mur froid. Dans le noir, c'est encore plus dur de l'affronter.

— Qu'est-ce que tu veux que je te raconte ? Tu ne me connais pas. Tu ne sais plus rien de ce que je suis. Depuis quand on n'a pas parlé tous les deux ? Il n'y en a que pour Julien.

— Ne crois pas ça. Si tu veux parler de ta différence... Enfin, de tes préférences, je suis au courant. Je suis ta mère et ça ne m'a pas échappé. Si c'est ça qui te tracasse, tu dois savoir que je me suis faite à l'idée de ne jamais être grand-mère. Et ce n'est pas ton frère qui va changer les choses... déclare-t-elle en posant sa main sur mon épaule.

— Il ne s'agit pas de ça. Il ne s'agit pas de toi ! Il ne s'agit pas de Julien ! je lance comme un reproche.

— Où est-ce que je me suis trompée ? Quand je vous regarde, ton frère et toi, je me dis qu'il y a quelque chose que j'ai mal fait ou qui m'a échappé.

— Merci beaucoup, t'as toujours su trouver les mots.

— On ne peut pas dire que vous respiriez la joie de vivre, dit-elle en hoquetant un rire mécanique.

— Je sais. Mais ça n'a rien à voir avec toi, maman. Je te le jure. Ça n'a pas tourné en notre faveur, c'est tout.

Elle se rapproche de moi et colle ses lèvres contre mon oreille. Sa chevelure n'a plus ce parfum d'ambre gris auquel j'étais accro lorsque j'étais petit. Il y a longtemps de ça. Trop longtemps. Maintenant cette intimité me heurte. C'est trop tard. Mais je n'ai pas le cœur à le lui dire.

— Dis-moi comment je pourrais t'aider. J'aimerais t'aider...

— File-moi un flingue pour que j'en finisse, suis-je tenté de lui répondre.

Mais ça non plus, je n'ai pas le cœur à le lui dire.

— Tu es courageuse de supporter tout ça. Julien, moi... Va te coucher, tu bosses tôt demain, je dis en me retournant de nouveau vers elle. Ça va mieux, j'ajoute en esquissant un maigre sourire que la pénombre lui laisse deviner.

— OK, dit-elle avant de déposer un baiser appuyé sur ma joue. Au fait, c'est pour quand ce voyage à Venise avec tes amis ?

— Je ne sais pas encore. Bonne nuit maman.

— La nuit est finie, Zac.

Venise aussi.

O sole mio e vaffanculo.

Antoine. Je n'ai pas arrêté de tourner autour du pâté de maisons dans l'espoir de la voir rentrer chez elle. Je me suis mis à rêver de volupté et de quiétude. Le pare-brise me renvoyait l'image de nous dans un jardin. Elle et moi, buvant un excellent vin, allongés sur des transats, depuis lesquels nous aurions contemplé le ciel rosé d'un jour d'été déclinant, derrière le vert feuillage d'un olivier.

J'ai rêvé de tout ça en tournant dans ma voiture comme un con. Mais elle n'est pas rentrée. C'est moi qui suis rentré chez moi.

Pour une fois que je me laisse aller à rêver, moi qui ne rêve jamais. L'objet de ce rêve m'échappe. Et pourtant j'ai senti une communion qui n'avait rien de solennelle, et dès notre première étreinte, nous avons ri et raillé la solennité de l'acte amoureux. Pouvoir rire ensemble du sexe est le signe infaillible que nos corps s'accordent, que nous nous accordons. J'étais content d'avoir échappé avec elle à cette atmosphère de sérieux morbide qui précède d'habitude cette chose tellement dérisoire. Et je suis stupéfait qu'elle ne l'ait pas compris. Et j'étais même prêt à inclure Zac dans la combinaison, et cela malgré le peu de désir que j'en ai. Tout cela pour qu'elle consente à continuer de rire avec moi du sexe et de tout, sous cet angle si particulier que nous avons en commun.

Et bizarrement, en ce petit matin, alors que je suis dévasté par le seul fait d'envisager qu'elle ne veuille déjà plus de moi, j'ai envie de me mettre à une table de travail et d'écrire. D'avoir pénétré cette fille qui n'était jusque-là qu'une image, une belle hypothèse, une magnifique mais improbable promesse, m'a donné un sentiment de réalité qui m'avait déserté depuis l'enfance. Moïse me rend mon corps, ma consistance, ma mémoire, et je sens que ces années vagabondes m'ont servi, alors que je les tenais pour stériles, que j'étais toujours à côté, étranger à ma propre existence. Je renais à ma vie avec l'assurance que je n'étais pas mort. Je me regarde dans la glace et, pour une fois, ce n'est pas une simple image sans profondeur que je vois, mais moi, être périssable mais vivant. Et la mort m'effraie moins maintenant que la vie m'habite. Je n'entrevois plus l'urgence de réécrire dans mon petit carnet la liste des choses qui tendraient à améliorer ma vie, car toutes ces choses ont changé et ce ne sont plus des choses mais des lois. Moïse les a écrites sur les tables de ma conscience.

Où est-elle maintenant ?

Moïse. Au casino de Beaulieu. Je chemine vers la gare. La lumière m'indique qu'il n'est pas plus de onze heures du matin. Je croise des gens bouillonnant d'énergie. Cette vision attise la lente et lourde fatigue qui me rive au sol, m'empêche d'aller plus vite.

Je n'avais pas l'intention de baiser avec lui. Je voulais juste qu'il s'explique. J'aurais aimé que nous parlions de la douleur, celle que son abandon m'avait infligée, du piètre nihilisme avec lequel il m'a laissée me débrouiller toutes ces années. Mais une fois face à lui, sur la terrasse de cet hôtel où nous étions si souvent venus, j'ai réalisé qu'il n'y avait rien à dire. Il m'avait débarquée de sa vie aussi naturellement qu'il m'était arrivé de le faire avec d'autres depuis. Cette péripétie que j'avais prise au tragique ne méritait pas d'autre explication. Le revoir épurait son souvenir de tous les alambics romantiques qu'en dix ans j'avais pu y greffer. Et, maintenant que j'avais tourné le dos à ce souvenir, je le considérais comme une pièce négligeable du puzzle. C'est la jeunesse qui tourne tout au tragique. C'est la faute à la jeunesse.

Je l'ai quitté à la porte de la chambre d'hôtel devant laquelle on venait de baiser. On s'est repris dans ce couloir aseptisé et sinistre où même le fait qu'on puisse nous surprendre n'était pas excitant. Il a insisté pour continuer dans la chambre, mais j'ai refusé. Les rêves ne meurent qu'une fois.

Je chope un train pour Nice. Pas de brume de chaleur. Ciel bleu, dur et limpide. Température idéale. Il est encore temps de se sauver.

Zac. Mes parents ont craqué. Ils ont fait admettre Julien en clinique psychiatrique. Il s'est pointé dans leur chambre cette nuit et les a menacés avec un couteau de cuisine. Il ne serait sûrement pas passé à l'acte. Mon frère n'est pas un assassin. Juste un type malheureux qui ne sait rien apprivoiser. Ma mère m'a annoncé la nouvelle à mon réveil. Ils venaient de l'accompagner. Elle chialait sans s'arrêter. Les médecins lui ont dit qu'elle avait pris la bonne décision, que ce serait l'affaire de quelques mois pour le remettre sur pieds. Je n'y crois pas une seconde, mais à vrai dire je m'en fous. Mon propre cas me mobilise suffisamment.

J'ai passé toute la journée à me dire que la vie n'a aucun sens. Alors pourquoi, bon sang, est-ce que je m'escrime à en faire tout un plat ? Je ne sais pas.

Qu'est-ce qui me pousse à y croire deux minutes, à vouloir mon bout d'histoire rien qu'à moi, ma parcelle d'éternité ? Je ne sais pas.

Nom de Dieu, Zac, qu'est-ce qui t'arrive ? !! Je ne sais pas.

Où est passé ton sens de l'humour ? Je ne sais pas. Probablement avec le tas d'autres choses que j'ai perdues en cours de route.

Puis je me suis dit, au lieu de te lamenter, prends donc deux-trois résolutions.

Primo : Tu commences dès demain un traitement antiacnéique drastique au Roacutane.

Deuxio : Tu te laveras tes jolies canines tous les matins au lieu de ne les brosser que le soir, quand tu vas à Coco. N'oublie pas qu'un élément salvateur peut se présenter à n'importe quel moment du jour et de la nuit. Il serait dommage de tout gâcher à cause d'une simple haleine *difresh*.

Tertio : Quand tu auras tenu ces deux engagements, tu comprendras que toute cette histoire est une vraie connerie et tu constateras que tu es toujours le pitoyable Zac à qui la vie s'entête à opposer un non.

Conclusion : Inutile de faire tous ces efforts à moins de transformer la nature de tes résolutions.

Si tu ne trouves vraiment rien, suicide-toi.

Antoine. Avec Zac au Paradis. Je ne sais pas pourquoi j'ai accepté de prendre cet apéro avec lui. On a usé notre relation jusqu'à la corde. La moindre parcelle de mon corps me supplie de passer à autre chose. C'est seulement pour elle que je suis venu. Dans l'espoir de la voir apparaître.

Au lieu de regarder les choses en face, Zac continue de m'encombrer avec ses rêves romantiques, sa souffrance romantique, sa bite romantique. On ne se dit rien. Tout romantique qu'il puisse se révéler, Zac demeure le seul être au monde avec lequel un tel silence n'est pas dérangeant. Mais Zac perd subitement patience. Il se met bien droit sur sa chaise et se lance dans une déclaration que je ne suis pas d'humeur à supporter. Je voudrais juste que Moïse soit là.

— J'en ai par-dessus la tête que tu me traites comme ça. Je suis pas ton chien ! Pense à te montrer plus humain, de temps en temps. C'est pas si mal d'être un peu généreux. Qu'est-ce qui ne va pas avec moi ? Pourquoi tu ne m'aimes pas ? Je suis prêt à tout pour toi. Demande-moi ce que tu veux. Qu'est-ce que tu veux ? Pff... Tu ne sais même pas ce que tu veux. Je suis trop sympa avec toi. J'ai trop joué la carpette. Je pensais pas que t'aurais la bassesse de me marcher dessus. T'es ignoble ! Vraiment ignoble. Avec Moïse, vous vous êtes bien trouvés. Je la hais, cette fille. Elle a détruit ma vie.

— Je t'interdis de parler d'elle comme ça. Elle n'a rien détruit du tout. C'est toi qui t'accroches, je dis en me penchant par-dessus la table avec l'intention de le frapper.

— Je plaisantais, calme-toi... T'as aucun humour, lance-t-il avec un calme pervers.

Il fait reculer sa chaise de quelques centimètres, de manière à ce que je ne puisse pas le choper.

— Parce que tu te trouves drôle ? je dis, prêt à lui rentrer dedans. T'es moche, t'es nul, t'es ambitieux, tu penses que ça peut faire rire quelqu'un ?

— Aciid ! dit-il comme pour dire : « T'es un gros salopard, Antoine ! »

— Écoute, laisse tomber, je vais me barrer, je dis, mais en fait je ne bouge pas, je me mets à le scruter avec un œil suspicieux.

— Quoi ?... Qu'est-ce que t'as encore ?

Son air larmoyant n'est plus qu'un vieux souvenir. Il a récupéré sa tronche de faux cynique qui se cache sous ses draps pour pleurer.

— Tu avais tout prévu, avoue-le ! Moïse, t'as fait exprès de la mettre entre nous ! Tu croyais pouvoir maîtriser la situation, je lui lance.

— Je ne comprends rien de ce que tu dis. Explique-toi !

— Tout ! T'avais déroulé le film dans ta petite tête ! Mais je peux te dire qu'il va y avoir un sacré changement de scénario ! La fin tragique sera pour toi ! Tu me fais gerber ! Alors oublie tes petites leçons d'humanité !

— Qu'est-ce qui te prend subitement ? T'es fou ou quoi ! Pourquoi tu t'en prends à moi ? Qu'est-ce que je t'ai fait ? s'offusque-t-il.

— T'es un petit pédé sans envergure ! Un petit magouilleur sans couilles ! Tu ne m'auras pas, je t'avertis d'avance ! Tes combines ne prennent pas ! On a plus rien à faire ensemble ! Tu le sens pas qu'on a plus rien à faire ensemble ?

Je ne suis pas loin d'atteindre un état de nerfs où je pourrais facilement l'étrangler. Pour ne pas céder à la tentation, je me cale au fond de mon siège en m'agrippant aux poignées. Le problème, c'est que du coup mes deux mains sont indisponibles, et cela m'ôte toute efficacité rhétorique.

Zac ne bouge pas. Il se contente de me regarder fixement dans le but évident de me déstabiliser.

— Enculé ! se contente-t-il de lancer avec une voix qui déraille.

Il a de nouveau perdu son masque sardonique. Il n'est pas loin de se foutre à pleurer.

— Je sais, je sais, enculé ! Enculé ! Aciid et ouais ! C'est à peu près tout ce à quoi se limite ton vocabulaire. Je me demande ce que tu fais de tous ces livres que tu ingurgites, apparemment pas grand-chose ! C'est pour ça que tu n'arrives pas à nous pondre un scénario décent, t'as qu'une bite frustrée dans la tête ! Tu me fais chier !

Mon débit sonne agressif, mais je sens bien que mes tripes ne fonctionnent plus, que je décolère à la vitesse de la lumière. Je suis piégé par ma lassitude. Je finis par me calmer en me recroquevillant dans l'espoir ouaté de son arrivée.

— Tu veux boire un verre ? propose Zac sur un ton anodin, comme si nous avions poursuivi une discussion sur la guerre qui oppose Oasis et Blur et que nous avions conclu d'un commun accord qu'Oasis sortait gagnant pour le moment, mais que Blur n'en demeurait pas moins un outsider prometteur.

— Non, je ne veux rien ! je réponds sèchement.

— Très bien ! D'accord. Deux demis s'il vous plaît ! lance-t-il au serveur d'un ton excessivement altier.

— Je t'ai dit non. T'es vraiment lourd...

Mon colèromètre se situe environ sur la position moins dix. Je ne cherche même plus à faire semblant. Zac s'efforce d'esquisser un sourire faussement amical en me tendant son verre de bière pour trinquer.

Mais, au fond de ses yeux, je lis qu'il n'est pas loin de se dire qu'il est temps d'abandonner la lutte.

L'arrivée précipitée de Je suce réchauffe provisoirement l'atmosphère.

— Vous savez pas ce qui m'arrive ? La splendide Black que j'ai ramenée chez moi l'autre soir n'était en fait qu'un sordide travelo avide d'hétérosexuels dans mon genre ! nous raconte-t-il, la mine défaite.

— Ah ouais ? !! on lui répond de concert.

— Le pire, c'est que ma mère a croisé le sordide travelo en sortant de sa douche ! J'ai beau lui dire qu'il y a eu un quiproquo, elle ne veut pas me croire ! Elle veut me virer de chez elle parce qu'elle prétend que je suis un inverti !

— Il faut vite que tu sois publié si tu ne veux pas te retrouver comme une vulgaire homeless ! *She's homeless... She's homeless*... chantonne Zac avec cruauté.

— C'est le cas, justement ! lance-t-il triomphant. Un type d'une maison d'édition vient de m'appeler. Ils adorent le texte et veulent me rencontrer la semaine prochaine.

En une seconde, le visage de Zac passe du blême au rubicond, de la surprise à l'envie, du mépris au désespoir.

— Félicitations ! Je suis content pour toi, je dis à Je suce.

— Je peux pas le croire ! lâche Zac, incapable de faire mine de se réjouir.

— Eh oui ! Tu pourras bientôt taxer mon livre dans les librairies, Zac !

— Jamais, je ne courrai ce risque pour...

— Ne sois pas jaloux, l'interrompt Je suce, ton tour viendra. Je parie que j'irai bientôt voir ton film.

— Quel film ? demande-t-il sur la défensive.

— Celui que tu projettes d'écrire depuis si longtemps... Au fait, ça avance ?

— Je t'emmerde ! lui lance Zac en regardant ailleurs.

Debout face à lui, Je suce le considère avec la bienveillance du mec qui s'en est sorti. Ça ne fait qu'attiser l'anéantissement de Zac. Ses jambes se mettent à trembler frénétiquement sous la table.

— Bon, il faut que j'aille réserver mon billet pour Paris. Salut les mecs !

En arrivant, Moïse croise furtivement l'euphorie de Je suce.

— Qu'est-ce qui arrive à Joyce Junior ? demande-t-elle en le regardant s'éloigner d'un pas léger.

— Il est publié, j'annonce à Moïse avec un air radieux, surtout parce qu'elle vient d'arriver.

— Non, c'est vrai ? C'est génial, ça !

— C'est un connard ! Je ne peux pas supporter que la vie favorise des connards dans son genre, lâche Zac, retranché dans sa hargne.

— Pourquoi tu le prends comme ça ? Moi, je trouve ça cool que ça lui arrive enfin. Il l'a tellement désiré. Je n'ai jamais compris pourquoi tu le détestais tant... rétorque-t-elle.

— Ça ne m'étonne pas, tu ne comprends jamais rien, poursuit Zac sur le même ton.

— OK, je vois que l'humeur est au beau fixe...

— Non, l'humeur n'est pas au beau fixe. Et je pense que tu sais pourquoi... À quoi tu joues, putain ?

— Je ne joue plus, Zac. Ça ne m'amuse plus de jouer avec un mec qui ne sait pas perdre, lâche-t-elle en lui souriant d'un air navré.

Si on y réfléchit, cette déclaration n'a rien de navrant. Je dirais même qu'elle est encourageante pour le type que je suis, un type qui est aussi amoureux qu'il en a l'air. Mais Zac ne le prend pas comme ça. Il est à deux doigts d'exploser de mépris.

— T'as intérêt à me rendre tous les disques de Creation que je t'ai prêtés ! lance-t-il puérilement. Tu ne mérites pas de les garder.

— Pas de problème, Zac, répond-elle sans le regarder.

Normal, elle ne voit que moi et le sourire béat qui se pavane sur mes lèvres. En dépit de l'ambiance électrique, Moïse reste sereine. La nuit blanche qu'elle vient de passer a effacé les marques du temps sur sa peau. Elle paraît dix ans de moins. Elle finit par s'asseoir. Commande un rosé. Fume une Pall Mall filtre.

— Sinon, ça va, les gars ? dit-elle en appuyant sur « gars », comme si nous avions besoin de nous sentir rassurés sur notre part de virilité.

Elle a visiblement choisi d'oublier l'épisode de la Villa Arson. Son visage est ouvert, lumineux. Je ne peux détacher mon regard d'elle. En temps normal, j'aurais évité ce genre d'agaceries auprès de Zac, mais tout, à part elle, m'indiffère. Progressivement je perds tout égard pour lui.

— Je vais y aller... dit Zac, la voix chargée de défaite.

Zac se lève, fait claquer quelques pièces sur la table et s'évapore sans dire un mot. Moïse ne s'étonne pas. Elle ne questionne pas. Elle a l'air de s'en foutre. Elle reprend un rosé et allume une autre cigarette. Je pose ma main sur sa nuque. Elle se tourne vers moi en souriant et m'embrasse. Je mange avidement ses lèvres. D'ordinaire, j'aurais trouvé ça nul de s'embrasser comme ça, à une terrasse de café. Mais l'ordinaire a disparu depuis que je l'ai rencontrée. Rien de ce qui la concerne ne me semble vil, stupide ou ridicule.

On file à la Pérouse, un petit hôtel situé en bord de mer, encastré dans la roche de la colline du Château de Nice. Depuis la fenêtre de la chambre, on peut admirer la baie des Anges qui scintille comme un diamant. Ce soir, et pour longtemps j'espère, les anges sont ici.

Nous sommes nus, allongés sur le lit. Elle, sur le ventre. Moi, sur le dos. Avec la sensation de se connaître depuis toujours. La rumeur de l'agitation nocturne monte jusqu'à nous. Le vent se lève, perturbe la quiétude des rideaux, fait claquer les persiennes et bruisser les pins parasols.

Je suis immobile, je regarde Moïse, son air évanescent, son regard flottant, son plaisir d'être là. Je sais absolument que je suis sur la bonne voie pour aller quelque part.

— Ce serait bien de quitter Nice. On pourrait se trouver un endroit, y pratiquer une activité dérisoire pour mener notre grande vie, je propose.

Elle acquiesce d'un sourire. Elle est comme moi. Elle ne demande rien d'autre.

On reste éveillés jusqu'au petit matin. Comblés de joie. Gavés d'amour. De vin. De sorbets. De sandwiches club. Cette fille est une dévoreuse de sandwiches club, de sorbets, de vin. Et d'amour. C'est cette ogresse que j'élis comme l'essentielle interlocutrice de ma vie.

Zac. Je m'efforce de ne pas tomber dans le trip boniche éplorée. Donc je me surprends à appeler Roger pour qu'il vienne me chercher. Nous allons à Coco avec la vieille bagnole de sa vieille mère, car la sienne est en réparation. Il m'annonce ça comme s'il parlait d'un être cher qu'on aurait admis aux urgences et dont les jours étaient comptés. Je me demande bien ce qui m'a pris de héler à la rescousse un type que je méprise si profondément. Je sais très bien ce qui m'a pris : au point où se trouve mon existence, personne d'autre n'aurait été là pour m'écouter. Ce qui ne rend pas ma démarche moins stupide, car, par ailleurs, il est parfaitement impossible que je me confie à un type de l'espèce de Roger, surtout dans une vieille bagnole qui sent sa vieille mère à cent lieues. Jamais je ne tomberai aussi bas.

— Roger, j'ai envie de crever tellement je suis malheureux. Je me sens si misérablement seul. Moïse, Antoine... Tout ça, c'est fini...

Je dis ça et je sens que tout ce que je dirai par la suite sera ce que j'ai toujours voulu taire durant toute ma vie. Ce silence méprisable qui n'a cessé de me ronger pour se transformer en cynisme. Roger est tout bonnement saisi par l'aveu que je viens de lui faire. Il ne s'attendait certainement pas de ma part à un ton si pompeusement tragique. Mais je n'y peux rien, ce soir, je suis pompeusement tragique et parfaitement incapable de le cacher plus longtemps.

Il détourne son visage du pare-brise, qu'il colle généralement d'un millimètre, et me contemple, médusé. Du même coup, il ralentit. La voiture derrière évite de justesse de nous rentrer dedans et fait longuement retentir son klaxon. Roger réagit enfin et se range sur le bas-côté. J'allume une cigarette. Recrache la fumée. Bizarrement, je me sens moins grotesque.

— Tu vois, Roger, toute ma vie, je n'ai agi que par tromperie, imposture, autant pour les autres que pour moi. Tu sais pourquoi, Roger ? Hein ! Est-ce que tu sais pourquoi ? J'interroge donc Roger. Pourquoi, Roger ?

— Non, répond-il simplement en fixant droit devant lui l'immensité noire, grimée d'écume.

— Parce que je voulais qu'on m'aime. Qu'on me reconnaisse. C'est pas compliqué, ça. Ça arrive tous les jours à des gens moins valables que moi. Et moi j'dois faire tout ça pour au bout du compte ne pas y arriver… Rester seul comme une merde ! C'est pareil pour le cinéma. Tout ce que j'essaie d'écrire est minable…

Je lui offre des yeux humides de vieux cocker yankee. Je ne me serais jamais cru capable de pleurer devant Roger.

— Je n'ai jamais pensé que tu avais la moindre chance d'être aimé par un type comme Antoine, Zac, déclare-t-il calmement.

Merci. Je savais bien que Roger était la dernière personne sur terre à laquelle m'adresser.

— Tu ne te rends pas compte de ta prétention ! Tu ne peux pas forcer quelqu'un à t'aimer plus qu'il ne t'aime. Tu peux toujours échafauder des milliards de plans, s'il y a une chose que tu ne peux pas forcer, c'est ça. En plus, il est loin d'être pédé tu peux me croire ! Je les repère à dix mille kilomètres ! Il aurait à la rigueur pu coucher avec toi, mais jamais il ne t'aurait donné ce que tu attends. Au bout du compte, tu te serais retrouvé bien plus frustré que tu ne l'es maintenant… Alors pourquoi ne daignes-tu pas prendre ce qu'il t'offre ? Ce que Moïse t'offre. Ce que pas mal de gens voudraient t'offrir. C'est beaucoup… Tu n'es pas quelqu'un de seul. Tu te plains parce que tu baignes dans le luxe. Moi, je suis seul. Vraiment seul… Je t'aime, Zac, finit-il dans un souffle.

Pour court-circuiter le silence qui s'ensuit, il remet le moteur en route. Nous reprenons la route pour Coco. Je n'ose plus dire un mot. Je me sens très mal à l'aise, mais beaucoup moins peiné qu'avant que Roger ne vide lui aussi son sac. De savoir que quelqu'un que je connais souffre plus que moi me libère d'une partie de mon angoisse. Je suis surpris que Roger m'ait parlé avec tant de sobriété, en m'épargnant au passage ses mimiques insupportables. J'aimerais bien me moquer cyniquement de tout ce qu'il vient de dire, mais rien de méchant ne me vient à l'esprit. Pourtant je sens bien que j'ai repris du poil de la bête, en tout cas provisoirement.

J'ai découvert que Roger pouvait se montrer amical et sincère et que, en effet, il a raison, je ne suis pas vraiment seul. Pour le reste, je suis sûr de ne pas pouvoir suivre ses sages conseils. Il y a quelque chose en moi, comme une mécanique de l'échec, qui s'y oppose.

Pour l'instant, j'éprouve la nécessité absolue de trouver un mec qui me fasse oublier un instant le dépit qui m'habite. Ce mec n'est pas Roger, et cela malgré le témoignage saisissant de son immense affection.

À Coco, on ne trouve pas l'ombre d'un homme, ni d'une femme, ni même d'un chien, et je me dis que c'est mal barré pour l'oubli. Pas question que je rentre chez moi dans cet état. Je ne compte pas faire le difficile. Mais, par pitié, pas Roger !

On descend le sentier boisé qui mène à la plage. Ça me gêne de me promener avec lui, bien que depuis ce soir je ne le considère plus tout à fait de la même façon. Je crains cependant un refus unanime par simple association. L'inenculabilité de Roger pourrait bien se révéler contagieuse.

— Au fait, comment tu me trouves sans mes lunettes ? me demande-t-il très solennellement, tandis que nous poursuivons notre chasse balnéaire.

C'est un grand soir pour lui, chargé d'aveux et d'espoir. Roger s'est décidé à porter des lentilles de contact et à m'avouer son amour.

— T'es beaucoup mieux comme ça, je lâche sans même le regarder.

Tandis qu'il s'occupe à tâter deux-trois culs à la sauvette, j'en profite pour m'esquiver dans la nuit. Mais la route qui mène à la plage est déserte ou jalonnée par des mecs dont l'aspect se révèle pire que celui de Roger. Et, si l'on considère qu'il constitue le point zéro sur mon bitomètre, il paraît évident qu'en dessous de lui je n'irai pas.

Je prends l'amère décision de rebrousser chemin jusqu'à la voiture. Ce crétin a encore oublié d'en fermer les portières. J'allume la radio et tombe sur « Tainted Love » de Soft Cell, que j'écoute à fond. Assis sur le capot à me dire que ce morceau pourrait résumer ma vie, lorsque je le vois se ramener le nez en sang. Il me raconte tout vacillant qu'un mec qui n'a pas apprécié qu'il lui trifouille ses intimités sans demander la permission lui a mis un pain dans la gueule.

— Je veux rentrer chez moi, exige-t-il complètement hystérique.

— Eh bien, rentre ! je rétorque, plus qu'enthousiasmé par cette idée.

Notre conversation de tout à l'heure semble déjà très loin, enfouie dans un coin de ma mémoire sélective. Roger recommence franchement à m'agacer.

— Non, je ne rentre pas sans toi !

— Ne t'en fais pas pour moi, je rentrerai à pied !

— Non, je veux que tu partes aussi ! ordonne-t-il.

— Tu me fais chier ! Je te dis que je vais rester ! Alors casse-toi et laisse-moi tranquille !

Il sort un vieux mouchoir camphré de la boîte à gants et essuie ses mesquines narines toutes ensanglantées.

— Tu es vraiment le type le plus ridicule que j'aie jamais connu ! je lance en éructant un rire amer.

— Tu peux faire une croix sur Antoine ! Il ne voudra jamais de toi ! Même pour tirer un coup en passant ! Alors profite de ce que tu as sous la main, dit-il en minaudant à la pétasse des faubourgs.

Il se retourne et m'offre son cul en allongeant la moitié de son corps trapu sur le capot avant de la vieille bagnole de sa vieille mère.

Et je ne sais pas ce qui me prend. Je ne sais pas si c'est de la rage, du fiel, de la haine, ou un savant mélange de tout ça, mais je me mets à le frapper de toutes mes forces. Je me déchaîne sur lui. Je le démolis.

— Arrête ! Arrête ! Tu es fou ! Au secours ! Appelez la police ! hurle-t-il en crachant des stridences insupportables.

Je m'empare de sa chevelure fraîchement teinte et fais violemment cogner sa tête vide contre la taule impeccable. Il tente de se défendre en agitant les bras n'importe comment, mais le vieux nain ramolli ne peut rien contre ma force décuplée par un instinct meurtrier. Je m'arrête lorsque je prends conscience que je suis tout bonnement en train d'assassiner sciemment Roger.

Lorsque je quitte Coco Beach, la vieille Roger lentillée gît sur l'asphalte, tout à côté de la vieille voiture de sa vieille mère qu'il aime tant.

Après ça, je marche très longtemps à travers la ville. Effrayé d'emprunter les grandes artères, je m'enfonce dans des rues parallèles comme un assassin de la nuit. Je marche et tourne en rond, en quête de soulagement. Plus j'accélère, plus mes obsessions me collent aux basques. Mon ombre ne me quitte pas. J'évite la lumière pour la perdre. Dans l'obscurité, elle est bien plus présente.

Et je réalise que je ne pourrais jamais oublier qui je suis.

Moïse. Dans ma chambre. Assise en tailleur devant la chaîne hi-fi. À écouter mes disques. Les pochettes des vinyles s'éparpillent sur la moquette tout autour de moi. Comme chaque fois, je recrée un monde plus sucré, à coups de chansons pop, ces petits miracles qui me bercent depuis toujours. Souvent, lorsque je pense à la mort, c'est à ces milliers de morceaux que je pense. Je pense qu'un jour la mort m'en privera et ça me tue. Je me retourne. Antoine est étendu sur mon lit, liquide, extatique. On jouit ensemble de ce moment intime. On partage ça.

Sur « Last Night I Dreamt », il me dit qu'on emportera mes disques avec nous, partout où on vivra. Il me dit qu'ils seront la bande originale de notre vie.

Bande originale de POP HEART

« Boys Boys Boys ! », Sabrina
« No Limit », 2 Unlimited
« Kinky Afro », Happy Mondays
« It's Over », The Smiths
« It Will Make Me Crazy », Felix
« Gipsy Woman », Crystal Waters
« Pretty Girls Make Graves », The Smiths
« Being Boring », Pet Shop Boys
« I Won't Share You », The Smiths
« Misty Circle », Dead or Alive
« Get The Message », Electronic
« Teenage Lust », The Jesus and Mary Chain
« Love Like Blood », Killing Joke
« Dance With Me », Lords of The New Church
« One To Another », The Charlatans
« Kaleidoscope », Ride
« I Wanna Be Adored », The Stones Roses
« You Can't Always Get What You Want », The Rolling Stones
« Lithium », Nirvana
« Le Voyage », Gamine
« Morning Glory », Oasis
« Feeling so Real », Moby
« Good Life », Inner City
« LFO », LFO
« Crush with Eyeliner », REM

« Angel, Angel, Down We Go Together », Morrissey
« There's No Other Way », Blur
« Untogether », Lush
« A Lover Spurned », Marc Almond
« Ship Of Fools », Erasure
« Photographic », Depeche Mode
« Miserable Lie », The Smiths
« You Made Me Realise », My Bloody Valentine
« Born of Frustration », James
« If I Die », Biff Bang Pow
« Tainted Love », Soft Cell
« Last Night I Dreamt That Somebody Loved Me », The Smiths

Merci pour leur soutien et leur amour constant depuis le début :

André, Papa, Maman, Carole, Thomas, Thibaut, Mine, Fredo, Titi, Philippe, Jiji, Olivia, Aikiu, Seb x 2, Jessy, Meagan, Emilie, Stéphane, Stéphanie, Stefania, Fab, David, Caroline, Charles, Elisa, William, Laurent B x2, Laurent P., Blondin, Sarah, Jean-Paul, Madj', Bruno, Jean-Philippe, Antoine, Judith, tous les copains de la Perle, Fabienne, Nini, Laetitia, Catherine, Solange, Gregoire, Cyril, Loulou, Sœurs Guitare, Alain, Dimitri, Cédric, Jason, Andréa, Agathe, Roger, Jean-Pierre, Loïc, Laura Christiane, Anthony, François, Louise, Patricia, Hayat, Colette, Clotilde, Fabio, Ségo et Mistral, la poupée !

Remerciements spéciaux pour leur gentillesse, leur aide indispensable, leur apport à ce roman, leur foi en moi :

Olivia de Dieuleveult et Stéphane Million.